U0799204

5G金融

科技引领时代变革

莫开伟
陈名银
邱 泉
著

中信出版集团 | 北京

图书在版编目（CIP）数据

5G 金融 : 科技引领时代变革 / 莫开伟 , 陈名银 , 邱泉著 . -- 北京 : 中信出版社 , 2020.1
ISBN 978-7-5217-1223-0

Ⅰ. ① 5⋯ Ⅱ. ①莫⋯ ②陈⋯ ③邱⋯ Ⅲ. ①互联网络—应用—金融—研究 Ⅳ. ① F830.49

中国版本图书馆 CIP 数据核字 (2019) 第 263437 号

5G 金融：科技引领时代变革

著　　者：莫开伟　陈名银　邱　泉
出版发行：中信出版集团股份有限公司
（北京市朝阳区惠新东街甲 4 号富盛大厦 2 座　邮编　100029）
承 印 者：河北鹏润印刷有限公司

开　　本：880mm × 1230mm　1/32　　印　　张：9　　字　　数：190 千字
版　　次：2020 年 1 月第 1 版　　印　　次：2020 年 1 月第 1 次印刷
广告经营许可证：京朝工商广字第 8087 号
书　　号：ISBN 978-7-5217-1223-0
定　　价：59.00 元

版权所有 · 侵权必究
如有印刷、装订问题，本公司负责调换。
服务热线：400-600-8099
投稿邮箱：author@citicpub.com

推荐序

5G金融的大门已经打开

2019年以来，5G（第五代移动通信技术）成为高频词，大众期待的5G时代已经到来。毫无疑问，5G将给各行各业带来颠覆性的改变，对于以经营风险为主的金融业尤其如此。如今，随着5G正式进入商用阶段，可以说5G金融时代也已悄然来临。5G和金融的深度融合，升华为5G金融，无论是金融的内涵与外延、金融的功能，还是金融与经济的关系都发生了深刻变革。令人期待的是，5G金融可以重塑金融业，改变人类生活，推动我国社会经济和金融业更好更快地发展。

看到此书书名《5G金融：科技引领时代变革》，让我耳目一新，忍不住打开书本阅读内容。这本书采用科普性与现实性相结合的方式，对5G金融的概念、一般特征、表现形式、对传统金融业的改变、未来呈现模式等方面进行了全面剖析，生动有趣的故事，通俗易懂的语言，相信读者能有所收获。

《5G 金融：科技引领时代变革》一书的主要内容包括：5G 对传统金融业的影响和改造、主要经济体的 5G 金融发展对比、5G 金融推广面临的问题、5G 金融前景展望、5G 金融时代的监管变局等。几大部分内容环环相扣，既阐述了 5G 对金融业的改造路径，又深入分析了 5G 金融在推广过程中可能面临的问题；既解读了目前全球主要经济体的 5G 金融发展现状，又对 5G 金融时代的前景进行了展望；既从政府、金融监管的角度分析了面临的新挑战，又从金融机构、行业层面阐述了应对策略。该书围绕 5G 金融，从不同视角、不同层面，系统地进行了探讨和大胆预想，内容十分丰富翔实。该书语言通俗易懂，将专业的金融知识写得生动有趣，可以满足不同读者的阅读需要，细细读来，使人颇受启发，受益匪浅。

2019 年是新中国成立 70 周年，70 年来，我国各行各业、各个领域都取得了突飞猛进的发展。在百年未有之大变局的今天，如何在金融领域进一步把握历史机遇，实现中华民族的伟大复兴？我们认为继续促进科技创新，发展 5G 金融，是快速提升我国金融业服务质量和效率、抢夺国际金融话语权的必由之路。毫无疑问，不论是经济还是金融，科学技术带来的创新驱动永远是第一动力。在经济金融领域，良好的体制机制应将鼓励创新作为第一考量。我们相信，只要有设计合理的战略规划，参与各方的共同努力，借助 5G 金融等创新，我国金融行业必将迎来新一轮的强势增长，我国必将成为全球金融体系中最具国际竞争力的强大力量，同时也为中华民族的伟大复兴提供坚实的金融基础。

客观来说，《5G金融：科技引领时代变革》一书提出的5G金融概念及特征，可能还不够科学和精准，有待行业人士进一步完善，但这种努力本身就是一种创新，书中阐述的诸多设想、解决问题的思路及推陈出新之处，值得点赞。相信莫开伟等三位作者以及此书策划人、财经作家姚茂敦先生这种开创性的大胆尝试，对制定政策的监管者、金融行业人士，以及经济研究者和普通读者，都将大有裨益。

5G金融的大门已经打开。或许，它并不神秘，但你必须快人一步，才能感知时代的脉搏和行业的心跳。

著名财经金融评论家　余丰慧

自　序

信息科技的发展日新月异，人类从1G（第一代移动通信技术）时代进入5G时代用时不过40载，而这40载，人类信息科技已经发生了翻天覆地的变化。尤其是，5G时代的来临将更深刻地影响和改变人类社会，也将引起各行各业出现伟大变革，推动社会经济的巨大飞跃。金融行业亦是如此，2019年6月，中国正式发放5G商用牌照，加上韩国、美国、瑞士、英国等此前已先后宣布正式商用5G，可以说，5G金融时代已经悄然来临。

作为社会经济生活神经中枢的金融，在5G时代面临的机遇与挑战并存：超低时延、超大网络容量和超高峰值速度的万物互联互通，既会给金融业带来飞速发展与业务急骤拓展的空间，也将带来前所未有的困惑与挑战，诸如更多的金融基础设施投入、更高的金融安全需求等，这些机遇与挑战，将促使每个国家和民族去积极思考和冷静面对，并想办法努力适应，提高对5G金融的驾驭能力。

“适者生存，优胜劣汰”是人类乃至国家间竞争不变的法则，也是永恒的真理。如今，5G时代的金融竞赛已经开始，诸多国家尤其是发达国家已经率先布局，抢占制高点。有的国家甚至不惜利用贸易摩擦来对别国造成冲击。可以说，谁在这场 5G 金融竞赛中敢于大胆探索、善用自身优势，谁就会抢占先机，赢得 5G 金融发展的战略制高点，谁就会获得金融发展的话语权，谁就更有实力和底气成为世界金融业的“新霸主”。

目前，我国金融科技产业的领先态势颇为显著。历经十余年的发展，我国的金融科技已经覆盖移动支付、信贷、理财投资、保险、证券、征信等各项业务，尤其是在移动支付领域，已经领跑全球，我国成为全球金融交易最活跃、支付最便利、成本最低以及效率最高的国家之一。当前，我国部分金融科技公司，包括 5G 科技的发展程度都已经达到世界一流水平。这些领先优势的取得主要有三大原因。首先，我国消费者众多，市场规模巨大，绝大多数国家无法比拟，这对于我国发展 5G 金融是一大优势。其次，我国有“集中力量办大事”的优势。众所周知，5G 金融是一项革命性的系统工程，5G 金融的发展需要从顶层设计到产业布局，再到科技攻关各个层面的配合，这需要强有力的政府领导和科技创新，在这些方面我国有很大的制度优势。最后，后发优势。目前，我国中小微企业的“融资难”“融资贵”问题依然存在，偏远农村甚至广大县域地区的金融服务水平还比较落后，这就给 5G 金融发展提供了广阔空间。服务好实体经济，服务好薄弱领域，5G 金融大有可为。

中国是世界第二大经济体，无论是经济问题还是金融问题，在世界上都堪称数一数二，面对5G金融时代悄然而至，不能退缩，不能落后，更不能裹足不前，而是应该激流勇进，加入5G金融时代的变革中，及时加大对5G金融研发的投入力度，掌握发展主动权，为中国金融业的发展奠定坚实基础。

客观来说，中国的金融行业总量虽大，但在管理和服务上还存在不少薄弱环节。正因如此，党中央国务院也在近年推出了加速金融对外开放的决定，制定和实施了一系列金融对外开放政策，中国金融业已经或即将与全球金融业接轨。为了不使我国的金融业“落后挨打”，让我国金融业领跑世界金融发展的潮流，各级政府必须加大对5G金融的研发与推广，集中财力物力及各种资源优势，在推进5G金融中创造宽松而优惠的环境，加速我国5G金融的发展，为我国金融业发展破除各种障碍，提供强有力的支撑。

本书共分六章：第一章主要介绍了5G对金融业的深刻影响；第二章主要阐述了5G对传统金融业的改造路径；第三、第四章全面分析了目前全球主要经济体的5G金融发展现状，5G金融在全国推广过程中面临的问题；第五章则对5G金融时代的前景进行了展望；第六章主要站在金融监管的角度，分析了5G时代金融监管面临的新挑战，以及如何扮演好新角色。总的来看，本书围绕5G金融从不同视角、不同层面系统进行了探讨和大胆预想，为了适应不同读者的接受程度，本书采用财经通俗读物的写作手法，尽可能地将专业的金融知识写得生动有趣、好看易懂。

当前，无论是金融理论界还是金融实践领域，5G 金融还是一个不太成熟的概念，更没有相关系统阐述。本书进行了开创性的大胆尝试，几位作者和本书策划人、知名财经作家姚茂敦先生反复商讨，初步提出了 5G 金融的概念及特征，当然，我们很清楚，有时一个新概念的提出，业界可能会争论多年甚至更长时间，不同的人也会提出不同的定义，这都是很正常的。由于作者水平有限，错误之处在所难免，欢迎读者批评指正，以便再版时进行修正完善。

同时，但愿此书能引起金融监管部门的重视，将 5G 金融纳入国家重要发展纲目，为我国 5G 金融发展高潮的到来解决一些切切实实的问题，这也是作者撰写本书的真实意图和目的。

谢谢你翻开本书，希望本书能为你打开一个全新的世界！

目录

第一章

5G 对传统金融业的深刻影响

金融行业的发展历程

当人类社会进入原始社会后期，随着劳动分工和生产力水平的提高，物物交换逐渐频繁，迫切需要一种东西充当一般等价物，方便人类进行交易活动，货币就这样诞生了。最初的货币是贝壳、兽骨等一些方便携带的物品，虽然当时的货币还处在一种较为原始的状态，但它的出现，却是人类经济发展史上破天荒的大事。货币的诞生标志着人类经济活动进入一个全新的时代，也为金融活动的开展创造了必要的先决条件。

一、金融业演进的历史脉络

西方金融业起源于公元前 20 世纪巴比伦寺庙和公元前 6 世纪希腊寺庙的货币保管和收取利息的放款业务。公元前 5 世纪到公元前 3 世纪，雅典和罗马先后出现了银钱商和能够办理借贷业务的商业机构。中国的金融业最早可以追溯到公元前 256 年以前周代出现的办理赊贷业务的机构，《周礼》称之为“泉府”。世界上最早的现代银行是意大利的威尼斯银行，成立于 1580 年，自此，金融发展进入一个新的阶段，开始出现货币兑换业和兑换商。一个多世纪后，英格兰银行在英国成立，为现代金融业发展确立了最基本的组织形式。鸦片战争以后，外国银行开始进入中国，而出现于明末清初的钱庄、传统的票号、官银钱号等金融业态开始走向衰落，现代意义上的银行逐渐在中国确立和发展。

金融业在历史的发展和演进中，组织类型不断丰富。第一家海上保险公司 1424 年在意大利热那亚问世，世界上最早的证券交易所——阿姆斯特丹证券交易所于 1602 年在荷兰成立。进入 20 世纪，伴随着经济和科学技术的飞速发展，金融业进入井喷式发展阶段，金融逐渐成长为经济发展的核心，金融业走到了经济发展的舞台中心。金融的功能和作用不断完善，形成了货币资金借款、外汇买卖、有价证券交易、债券和股票的发行、黄金等贵金属买卖的金融市场，并在发展中逐渐细化和专业化，短期融资的货币市场有票据贴现市场、短期存贷款市场、短期债券市场和金融机构之间的拆借市场；长期融资的资本市场有国债市场、股票市场、企业中长期债券市场、中长期贷款市场等。

20 世纪 70 年代以后，全球经济金融环境发生了很大变化。1973 年，布雷顿森林体系崩溃后，以美元为中心的固定利率全面瓦解，西方主要国家纷纷实行浮动汇率制度，国际资本频繁流动，加之在美元和石油的冲击下，汇率市场波动剧烈，汇率大起大落，汇率风险大幅增长。1973 年和 1978 年，先后爆发了世界石油危机，全球利率水平整体大幅上扬，使得投资者、债权人、债务人都陷入极大的风险中。与此同时，货币供给学派兴起，西方国家领导人受其影响，放弃对利率的管制，利率也频繁波动。利率与汇率的相互影响，带动了股价的频繁波动，金融市场迫切需要能够有效规避风险的金融产品或金融工具。

于是，作为新兴风险管理手段，以期货、期权和互换为主体的金融衍生工具应运而生。由此可见，从某种意义上讲，金融市场潜在风险的剧增为金融衍生工具的出现创造了必要的金融环境。除此之外，信息技术的飞速发展大大降低了交易成本，为金融衍生工具的诞生和大规模应用提供了技术保障。与此同时，金融理论的创新与发展，为金融衍生品发展奠定了理论基础。1972 年 12 月，诺贝尔经济学奖获得者米尔顿·弗里德曼的一篇论文《货币需要期货市场》，直接推动了货币期货的产生。金融衍生工具的诞生极大地丰富了金融形态，金融市场与商品市场的深度融合，特别是期货和期货市场的出现，使得金融无论从内容和概念上都有了新的内涵。

二、信息与金融业的发展

回顾历史，我们不难发现，金融业的发展历史就是一部不断追求信息便捷化的历史，金融依赖信息而诞生，信息传递改变金融，信息技术的不断演化推动着金融业向前发展。具体来看，货币传递价值信息，金融业诞生，信息技术解决信息不对称问题，降低交易成本，促使金融业不断发展，产生新的金融业态，金融业务的内容日益丰富，金融对社会经济的渗透能力也不断提高。

货币表达价值信息，为金融业诞生创造了条件。如果说交易的发生是偶然的，那么货币的产生则是必然的。货币的出现为金融业的出现创造了必要的条件，当交易频繁发生时，价值信息如何精准地表达成为首要解决的问题。货币之所以能够成为交易的一般等价物和交易的媒介，是因为其能够准确地传达出交易物品的价值信息。货币有效地解决了价值信息的度量，催生了金融业的诞生。随着人类改造自然界能力的提高，货币从最初的贝壳变成了铜钱、金币等金属货币。显然，金属币比贝壳更能精准地衡量买卖物品的价值，顺利实现交易，也极大地促进了商业交易活动的顺利实现。金属通过铸造，可以形成标准化和统一化的样式，并且可以将其所代表的价值信息刻在上面，从而成为能够精准传递价值信息的媒介。此后，造纸术的出现，让货币的制造材料有了新的选择。公元 9 世纪，中国开始首次使用纸币（飞钱）。由于质量小，携带更加方便，直到今天，纸币依然是人们使用最普遍的货币。

纸币对金融的影响无疑是极其深远的，使人们对货币的理解开始走向抽象。在金属货币时代，货币所代表的价值与货币本身所隐含的价值是对等的，特别是以贵金属为材质制作的货币。比如，在古代，西方国家很长一段时间都是以金币作为重要货币的，金币的原材料黄金本身就具有价值，金币代表的价值大小，主要以金币的重量和成色作为主要依据，因此在市场交易中一枚金币能买来多少东西取决于金币的质量，而纸币的产生完全颠覆了货币本身具有价值这一逻辑。纸币是纯粹的价值信息的载体，尽管印刷纸币需要花费一定的资源和劳动力，但对纸币所承载的价值信息来说，几乎是微乎其微的。例如，一张100元的人民币纸币，其本身价值（成本）不足1元，而所表达的价值信息是100元，本身价值所占比重不足百分之一。纸币之所以能够不以自身价值为标的，成为现代社会普遍接受的货币，主要是因为纸币是信用货币，是有国家信用做背书的。国家以主权信用为依托，以法定的形式赋予纸币具有传递价值信息的功能。这与金属货币本身具有价值形成了鲜明的区别。从信息传递的角度看，纸币在交易中的优势是天然的，精准而便捷，大大降低了交易成本。

纸的发明极大地方便了信息传输，在经济金融领域除了纸币的应用外，还突出表现在银票、支票等纸质金融信息的载体上，较好地推动了资金跨地域流动，丰富了金融业的支付手段。

在纸发明后的近两千年里，人类的信息传输的方式并没有太大进步，直到电被发现和研究，人类的信息传输开始进入新纪元。早在18世纪，欧洲科学家发现电的各种特质，开始研究用电传输信息的可能，最早有人提出使用静电来拍发电报，但由于当时的科技水平较低及各种原因未能实现。1839年，世界上第一条电报线在英国诞生，主要用于两个车站之间的通信。几乎在同一时期，美国的萨缪尔·摩尔斯也发明了电报，摩尔斯还发展出一套可以拍发字母及数字编码的方法，这就是著名的摩尔斯电码（又称摩斯密码）。电报诞生于工业革命时期，当时城市和国家的版图在不断扩大，曾经的信件传递信息的方式显得越来越慢。于是，电报很快便应用到各个领域，金融业是相对较早采用电报传输信息的。电报的信息传输优势大力刺激了当时金融业的发展，电报广泛应用于资金汇兑、股票交易信息的传递等。相比之前的信件和人力传输信息，电报的传输方式使金融活动的交易成本、信息获得成本大大降低，实现了跨区域间金融的互联互通，而随着金融跨国公司、跨国银行的迅速崛起，全球化的金融市场逐渐形成。到了 1900 年，通过现代通信设施的连接，形成了以英国伦敦为中心的国际金融市场，并在美国纽约、法国巴黎等主要资本主义国家城市形成了区域金融中心，五大洲随后相继建立起联系紧密的资本市场，全球国际金融体系基本形成。

随着时间推移，人类进入 20 世纪中后期，以计算机信息技术为开端，通信技术进入了飞速发展阶段，人类获取信息和处理信息的能力彻底发生了改变。进入 20 世纪 90 年代以来，互联网得到迅速普及和应用，推动并深刻地改变了人类社会发展和文明进程。互联网与金融相遇，深刻改变了金融业原有的样貌，有力推动了金融创新的兴起和蓬勃发展。信息革命改造金融业的时代到来了。信息技术与金融的融合促使金融形态由物理形态向虚拟形态转变，传统的以金融机构为中心的金融运行方式发生改变，管理不断趋于扁平化和网络化，第三方支付、网络借贷、众筹融资等互联网金融新模式也在近年不断涌现并快速崛起。

三、现代信息技术对金融业的影响

从金融业变革的历史轨迹来看，从来没有像计算机信息技术、互联网这样对金融业产生如此巨大的影响，过去任何时代，也没有像互联网金融时代下的金融创新那样如此频繁，不断地改变着金融业创造价值的方式。从机构组织、竞争模式到金融规则都发生了很大变化，几乎是对传统金融业进行了再造。具体来看，以互联网为核心的现代信息技术对金融业的影响主要体现在以下几个方面。

1. 金融市场主体极大丰富，呈现多样化发展趋势，市场竞争规则发生改变，资源配置效率大大提高

银行、保险等传统金融机构主要依靠资金和市场规模以及分支机构数量来获取竞争优势。互联网等科技与金融融合发展后，竞争规则不断发生变化，金融机构可以借助网络整合各方资源的优势，不需要投入大量的财力和人力就可以实现业务范围的大规模覆盖，还可以通过互联网快速搜集客户需求，挖掘客户潜在信息，并借助精准营销提供个性化的金融服务。互联网公司作为信息技术的提供者，在发现了金融与互联网融合的巨大商机后，纷

纷加入进来，成立了互联网金融公司。尤其是像阿里巴巴、腾讯、百度、京东这些互联网巨头，利用其广泛的入口资源、数据资源和海量的用户开展金融业务，直接向供应链金融、小微企业信贷、消费金融、保险等传统金融领域扩张，不断地冲击着银行等传统金融机构的核心业务，并间接地改造金融机构。阿里巴巴创始人马云曾豪气地说："如果银行不改变，我们就改变银行。"的确，在互联网金融的影响下，传统金融机构纷纷转型和改变。如今，银行、保险、证券机构都提供线下和线上服务。此外，互联网使金融整合资源的能力大幅提升，互联网金融企业利用大数据、人工智能等信息技术，全面分析用户的消费习惯和行为特征，匹配适合用户的金融产品。因此，可以超越传统融资方式的资源配置效率，大幅减少交易成本，降低违约风险。

2. 极大地提升了金融业的服务质量，金融产品日趋多样，金融服务呈现出综合化与复合化特征，不断惠及更多人群

现代金融业充分利用现代信息技术，使金融业自身实力得到极大提升，借助信息技术简化资金供需双方的交易环节，实现面对面对接，降低资金融通的成本，扩大金融服务的受众群体。例如，P2P（点对点网络借款）、众筹、移动支付等金融创新模式从理念变成了现实，不断增强了金融业的核心竞争力。与此同时，互联网的快速普及和应用，让无论是乡村还是城市，全覆盖了互联网络，由此让更多人享受到了均等的金融服务。普惠金融越

来越受到金融机构的重视，一些过去被忽略的业务逐渐成为金融机构的主流业务，尤其是中小金融机构。这些改变都归功于互联网、计算机、大数据等信息技术，正是技术的进步，不断缩小了数字鸿沟，解决了普惠金融发展过程所面临的成本较高、收益不足、效率和安全难以兼顾等问题。过去，金融机构一直被人们诟病“嫌贫爱富”，但随着信息技术的飞速前进，这一行业“毛病”正在悄然发生变化。如今，金融机构可以通过精准的信息识别，针对不同人群，提供风险相宜的金融服务，金融服务正在向“爱富却不嫌穷”的方向转变。

3. 充当资金中介的传统金融机构正在被替代，金融市场化进程加快

金融市场中，传统金融机构充当资金中介的职能，连接资金供求双方，金融机构通过专业的人员、专业的知识和专业的信息渠道，获取资金供需双方的信息，完成资金的匹配。但在互联网信息技术广泛应用的今天，融资模式不断创新，资金双方的信息可以在互联网上匹配和分享，充当资金中介的传统金融机构发挥的作用逐渐被替代，互联网金融融资渠道越来越多样化、扁平化、透明化，越来越多的融资者通过非传统金融机构进行融资。传统金融机构的资金中介职能相对降低，必然引起储蓄资产在社会金融总资产所占比例降低，由此引发整个金融市场的融资方式由间接融资为主，向直接、间接融资并重的模式转换，金融市场

化的进程大大加快，大幅提高了金融市场的资金运转效率。

4. 金融全球化程度进一步深化，金融网络不断延伸

互联网的“网络外部性”特征有利于金融机构更好地进行信息搜集和生产，产生规模经济、范围经济（指多种金融服务由同一机构提供所产生的经济效应）和协同效应，进而引领和推动全球金融业整合。大型金融机构跨境、跨国并购的不断涌现，形成了一些在整个金融体系内具有系统影响力的超级、全能金融机构。与此同时，在现代信息技术的推动下，全球的股票市场、外汇市场、债券市场、金融衍生品市场通过发达的信息通信技术、交易技术和计算机信息处理技术连接在一起，大大地缩短了全球金融市场的时空距离，使国家与国家及地区之间的金融往来毫无障碍，形成了全球一体化的金融市场，实现了全天候不间歇营业、全球电子网络化的交易市场。如今，借助于发达的信息技术，全球形成了一个四通八达、紧密相连、互相依存的金融网络。在这个网络中，任何单个经济体不再是“孤岛”，而是全球金融网络的一个节点和有机组成部分。

千百年来，解决信息不对称、降低交易成本一直是人类活动永恒的追求，金融也不例外。从金融业诞生的那一天起，金融就与信息形成了共生关系，无法获取信息能力的金融，一定是空中楼阁，无从谈起。回顾金融业的发展历史，可以发现每一次信息技术的突破，都有力地推动了金融业的发展，改变着金融的走向，

丰富着金融的内涵。时间走到今天，5G 时代已经来临，5G 将给金融业带来哪些变革呢？身处当下的我们显然很难给出完全正确的答案，但可以预料，5G 将给金融业带来深刻的影响，这种影响将是我们无法想象的，甚至有可能是颠覆性的，我们应以更加宽容的心态、更加积极的态度、更加科学的方式去迎接它的到来！

5G 对传统金融业的革命性影响

5G 已经步入我们的生活，面对新时代，目前不少金融机构尤其是商业银行已着手布局，大胆尝试，比如建立智慧型银行网点机构等。5G 对传统金融的影响将是深刻而又深远的。比如在信贷供给、经营管理、资金结算、内部风险控制、防范坏账等方面，都将比 4G（第四代移动通信技术）时代要向前迈进一大步。

一、什么是 5G

5G 是第五代移动通信技术的简称，G 是英文单词 Generation（一代）的首字母，5G 是继 4G［LTE-A（长期演进技术升级版）、WiMax（全球互通微波访问）］、3G［第三代移动通信技术，UMTS（通用移动通信技术）、LTE（长期演进技术）］和 2G［第二代移动通信技术，GSM（全球移动通信系统）］之后的延伸，是新一代蜂窝移动通信技术。相较于 4G，5G 的技术优越性表现在信息传输高速度、低时延、高容量和高安全性等几个方面。

首先，5G 网络具有高达 10Gbps（交换宽带）的上行带宽和 20Gbps 的下行带宽，这是 4G 网络的数十倍。它可以在几秒钟内下载完正常大小的电影。其次，网络与设备之间的端到端通信延迟将从 4G 的 60~80 毫秒减少到不到 10 毫秒，这为需要快速响应的应用（例如自动驾驶）提供了可能。此外，5G 终端连接的数量已增加到每平方千米 100 万用户，基站可以同时支持大量的手机和其他终端，为物联网的发展奠定了基础。更重要的是，5G 网络的切片技术可以为特定应用提供独立、安全的通信路径和解决方案。此外，传输网络被引入边缘计算技术，从而提高了对业务的实时响应能力，并确保了更高的可靠性和更好的用户体验。

当然，谈到 5G，不得不提到应用场景，国际标准化组织 3GPP（第三代合作伙伴计划）定义了三大场景：增强移动宽带（eMBB）、低时延高可靠通信（URLLC）和海量机器类通信（mMTC）。在三大场景下，5G 还拥有完全不同于传统通信的特点，主要表现在：高速度，5G 理论上可以做到每一个基站的速度为 20Gbps，用户的实际速度也可以达到 1Gbps；泛在网，主要体现在网络的广泛覆盖，也就是只要有人类足迹的地方都有 5G，只要需要用到网络的地方就有 5G 覆盖；低功耗，5G 要支持大规模物联网应用，就必须要有较低的功耗；低时延，举个例子，在无人手术治疗领域，一个指令下达如果存在较长的延时，就可能给病人带来生命危险，低时延就可以较好解决这类问题；

万物互联，所有物体都在网上，都是信息的使用者和提供者；重构安全体系，5G 需要更安全的网络体系和数据信息安全，因此将会对原有的安全体系进行重构。

从全球发展现状来看，中国将与日本、韩国、美国和某些海湾国家一道，成为 5G 商用的领跑者，并将引领网络覆盖进程。GSMA（全球移动通信系统协会）预测，到 2025 年，中国的 5G 连接数量将超过北美和欧洲的总和，位列全球第一，中国的 5G 连接数将达到 4.6 亿。此外，5G 对全球经济的贡献也将大幅增长，据全球信息提供商 IHS MarKit 预测，2020—2035 年，全球实际 GDP（国内生产总值）将以 2.9% 的增速增长，其中 5G 产业将贡献 0.2% 的增长，5G 对全球经济贡献净值将有 2.1 万亿美元，相当于印度 2015 年全年的 GDP。

二、5G 将会给传统金融业带来巨大变革

互联网诞生之初，没有人会想到，互联网会对金融业产生如此大的影响。互联网不仅大力促进了金融业的快速发展，还改变了整个金融业的面貌，催生了互联网金融，P2P、众筹等新兴互联网金融产品犹如雨后春笋般涌现出来，使得融资环境得到了优化，融资效率得到了很大提高。特别是 4G 的出现，一场空前的支付变革彻底改变了人们的支付习惯，极大地方便了人们的日常生活。由此可见，现代信息技术与金融业相遇所起的“化学反

应”，不是简单的二者相加，更不是被动地将信息技术融入金融活动中，而是二者的相互选择、相互适应、相互渗透，更是融合发展与创造创新的过程。可以预见，5G 的商用对金融业的影响将是深远的，具有划时代的意义。

1. 金融服务的远程化和虚拟化促使金融业转型升级

在 5G 低时延、高可靠性的保证下，先进的人工智能技术将被广泛用于移动金融领域。形成基于生物识别技术、高安全级别的身份认证的金融支付的整体方案。诸如面部识别、声纹识别、虹膜识别等无感支付将被广泛普及。无感技术的应用不仅简化了用户操作并改善了用户体验，而且还能提供更安全的金融交易。此外，业务流程与交易过程也将进一步自动化，支付功能将在更深层面实现业务流与资金流的整合，为支付产品创新性融入物联网应用场景奠定基础。

在 4G 移动网络下，由于网速限制和相关配套技术还未发展起来，只有少部分金融业务开始转向虚拟化。如今，银行进行实名身份认证，已经不需要消费者带着身份证到银行网点，与银行柜台小姐面对面，只需要通过手机，打开银行 App（应用程序）对着手机摄像头与远端的银行服务工作人员进行交流互动，通过机器人像识别系统对身份证与本人进行对比，经过人工辅助判断，就可以轻松地完成身份的实名认证。在 5G 时代，高速的信息传输功能和低时延操作，将突破现在的技术瓶颈，金融业务将向更深、更广的领域延伸。

2. 现有的银行营业网点可能被取代

观察当前的银行营业网点不难发现有以下特点。从客户人群角度看，主要是中老年客户，他们对新科技、新技术接受能力慢，不能轻松自如地操作智能手机，只能到营业网点去办理金融业务。从金融机构提供的服务来看，主要是提供相对复杂的业务，比如开户销户、融资借款、投资理财、各类金融产品咨询，而简单的存取款业务、转账业务已经交给智能终端了。当 5G 金融普及以后，人们随时随地都可以享受到与目前的人工网点相同的服务，虚拟已经十分接近现实，未来任何金融业务都可以通过智能终端办理。

当前，智能手机之所以让老年群体难以完全熟练操作相关功能，关键是技术的智能化还不够，信息科技水平远未达到不同客户的要求。5G 时代，万物互联相连，家庭里的每一件物体都可能是一个智能终端，具有自动记录信息的功能，自动将该物体的使用情况以及周围的情况上传到云端，再经过分析加工储存，随时等候信息使用者调用。假如一位老人忘记了自己的银行交易密码，他完全不用到银行人工网点去办理密码挂失和重置业务，只需对着自己常用的智能终端，也许是一根拐杖，告诉自己的需求，智能终端便可以将“重置密码”这个诉求传递给银行，银行得到这个信息后，通过云端和大数据分析，可以用最便捷的解决方法，帮助老人完成密码的重置。在这样的新环境下，老人不用去掌握信息技术，而是智能终端自动根据老人的个性需求，轻松地完成，满足各种金融活动。

3. 放贷业务与投资理财可能通过智能终端在虚拟世界完成

一些复杂的金融业务目前仍需在现实中完成，这也是营业网点存在的价值。比如发放贷款，绝大多数环节都需要借款人与贷款人面对面交流，才能确保资金安全。而这种趋势也正在朝着无人化迈进，比如一些金融机构推出的刷脸贷款。未来，随着 5G 的普及，放贷业务完全可以在虚拟世界完成。比如，一家小微企业需要一笔贷款用于固定资产投资，该企业向银行申请贷款。在现有信息技术条件下，银行对企业信息的掌握非常有限，首先会让企业提供合适的担保物，并派调查人员去企业了解情况，考察企业的财务制度是否健全、财务状况是否良好、法人代表的信用状况如何、道德品质如何以及管理制度是否完善，并考察企业的经营状况、产品的销售状况等。最重要也是最关键的，还要仔细查看担保物的状况，价值、所有者状态等信息。即使经过这一套复杂的流程，也不能保证银行会授信给这家小微企业，银行花费了大量精力，企业也做足了准备，但这笔资金能否及时发放到账，依然是个未知数，因为银行需要对调查结果进行综合分析和层层审批。最后的结果，也许是企业担保物不符合银行放贷条件，进而被拒之门外；也许会因为放贷流程时间太长，错过了最好的投资机会，企业已经不需要该笔贷款。而在 5G 普及后，物联网将如同现在的互联网一样，能够实现信息共享和终端互联，不同的是终端范围扩大，信息的使用者不仅局限在人，还扩展到物。物联网上的每一个物体都不是单一孤立的个体，而是与其他物体紧密相连，既是信息的使用者也是提供者。

当企业发出融资需求时，银行便可轻松地通过大数据分析，知道该小微企业的生存状态，并且是全方位的。即便想亲身感受企业的氛围、文化，甚至企业一草一木的气息，也不用亲自到企业去体验，只需利用 AR（增强现实）技术，一个“现实”的企业便呈现在眼前，轻松实现远距离“近感觉”地与企业老板、员工对话。当然，贷款担保物也无须现场调查，只需通过物联网调取相关数据，就会知道抵押物详细的信息数据。假如抵押物是一栋房子，不光是房子的地理位置、修建时间、建成时间、房子结构这些常规信息，还有关于房子的每一个细小信息，比如房子的任何一块砖产自哪里、谁运输来的，以及房子住过什么人等信息都能查到。当然这些海量的信息一定不会让人工分析，银行通过大数据分析就会精确地判断出抵押物的价值。从企业提出贷款需求到资金到账，银行只需要在虚拟的环境下花很短的时间就可以完成，极大地提高了银行的服务效率和资金的使用效率。当然，银行对企业贷款资金的使用状况以及企业后续的风险状况，都能通过发达的信息网络轻松控制和掌握。

5G 对金融的影响远远不只上面列举的两个例子，还有更广范围的影响。“5G+ 大数据 + 人工智能 + 投资理财”会解决很多人的理财烦恼，客户不需要请私人理财顾问，更不需要去金融机构的网点咨询，银行可以为每个人提供线上的 24 小时智能投资理财服务、私人订制理财服务，根据客户的性格偏好，进行个性化、科学的理财服务。“5G+ 大数据 + 人工智能 + 各类金融服务”将会对金融服务产生一场深刻的变革，这场变革既是金融业的一次大升级，也是金融业的一次大转型。金融业将从以提供人工服务为主的产业，变成以提供科技服务为主的产业。

4. 金融业的竞争格局将被改变，投机者将逐渐消失

5G 时代，将是万物互联的时代，信息的获取和搜集将会变得异常便捷。西方经济学理论认为，一个完全竞争的市场交易双方掌握的信息是完备的，也就说市场上的每一个买卖者都可以无成本地随时获得，或掌握与自己的经济决策有关的一切信息，特别是市场上的价格和供求关系信息。换句话说，银行可以掌握每一个客户的所有信息，客户也可以轻松掌握所有金融机构的信息，因为有智能终端提供信息决策服务，所以可以清楚地知道金融机构可提供的资金价格。证券投资者可以知道每一种有价证券在过去任何时点的价格，以及证券背后的企业和资产状况，通过大数据和人工智能的分析，准确得出未来价格。这将是一个难以想象和令人向往的状态，市场中的信息非常充分。可以预见，5G 将会使金融业的竞争更加充分和自由，是一个接近完全竞争

的市场。

当然，要实现上述目标，必须满足的条件是所有金融企业的科技实力均等。因此，5G 时代，金融业将迎来一场科技力量的较量，谁掌握了先进的信息科学技术，谁将立于不败之地。如今，一场史无前例的金融业变革即将来临，这场变革将会使科技实力薄弱、赶不上时代发展的金融机构被无情地淘汰，最终留下了科技实力强悍的金融机构。这些金融机构能够在市场上充分获得信息，形成一个竞争充分的市场。金融机构要想获取超过平均水平的利润，必须避免开发同质化的金融产品。因此，金融产品的创新能力将会得到充分释放，5G 时代将是一个金融产品异常丰富的时代。

从金融机构交易对手的角度看，由于信息充分并且可以采用大数据、人工智能，人们对金融产品价格的判断将非常准确，而且是普遍性的，也就是"你知，我知，天下尽知"的状态，金融市场上每一个投资者将近乎知道所有信息。换句话说，5G 时代投机者将失去投机机会。众所周知，投机者往往依靠优先掌握信息牟取暴利，而在 5G 时代，信息对每个人都是均等且充分的，通过投机获得收益的机会微乎其微。在股票市场上，散户、小股民将告别被"割韭菜"的悲惨命运，股市将不会出现疯狂涨跌，金融产品将更多回归本质属性，金融的资金融通功能将会得到更好的发挥。

5. 金融去中心化，金融机构扁平化

5G 时代，人们获取金融服务更加便捷，线上将替代线下，虚拟将替代现实，这些技术特征将使得金融业的地理分布状态彻底改变。第二次工业革命后，形成了以英国伦敦为金融中心的全球金融格局；互联网诞生以后，特别是 4G 技术的普及，全球金融中心呈现多级化趋势，上海、北京、纽约、香港、深圳、伦敦、法兰克福、巴黎等城市均成为全球金融重镇。5G 时代，金融的可获得性更加容易，金融机构设在何处并不影响业务的开展，只要当地有完善的通信基础设施，就可以为世界上任何角落的金融需求者提供同等的金融服务，无须像之前那样，金融机构扎堆聚在一起形成一个金融中心。因此，未来的金融服务将会覆盖更多地方，大型金融机构不仅只有纽约、北京、上海才有，更多的中小城市或地区也有望成为金融重镇。

与此同时，在 5G 时代，金融机构内部也将发生巨大变化，层层设立的分支机构将失去作用。人工网点将被取代，绝大多金融业务都可以实现线上办理、远程操控，过去以人工为主的多层机构模式将很难适应时代发展，金融机构的管理将变得更加扁平化。因此，5G 在金融业广泛应用后，所有金融用户可通过线上与金融机构（总部）取得联系和办理业务。比如蚂蚁金服，只需在杭州设立机构即可，全国所有用户都可以享受其金融服务。当然，5G 时代，金融机构线上提供的金融服务是如今的蚂蚁金服无法企及的。金融机构内部组织架构的扁平化可以有效降低管理成本，减少内部信息传递的衰减，更有利于提高金融机构内部管理效能。

总之，5G 对金融业的影响将是革命性的、深层次的、深远的，不仅表现在金融形态和业务内容上，更体现在金融内涵和管理结构上，可以大胆预测，金融与 5G 的融合，将不再只有金融，而是内涵和外延更加丰富的 5G 金融，甚至可以说，金融业一个新的时代——5G 金融时代，呼之欲出。

5G 金融的概念及特征

现代金融的发展离不开信息技术的进步，每一次信息技术的革命都推动了金融业的发展和金融业形态的丰富。从电报汇款到如今的手机转账，资金实现了更加快捷、方便、安全的跨区域流动。如今，股票市场、外汇市场、债券市场通过快速信息传播渠道，较好地实现了全球信息的共享，使全球金融市场能够连成一片，使得资金可以像空气一样无间隔对接和流动。无论你身在何地，都能轻松通过各种信息渠道了解到当下的金融信息动态，并可对全球的金融市场一览无余、了然于胸，足不出户便可实现对全球金融市场各种金融产品的投资，自由选择自己喜欢的投资品种，实现金融投资目标的准确化和金融投资收益的最优化。

要实现这一切，只能凭借越来越先进的金融科技。当前高度发达的现代金融业，就是由日新月异的科技推动的。尤其是，现代金融的变革与发展更离不开信息技术的革新，没有高度发达的信息技术，就不可能有高度发达的金融服务。今天，外汇市场、股票市场、债券市场等能够在资金融通、资金流动中发挥如此重要的作用，完全得益于飞速发展的科技信息技术。从某种意义上讲，是现代信息技术造就了日趋丰富的金融业态，成就了无数金融人的梦想，扬起了投资者的理想风帆，铸就了无数金融帝国的大厦。

试想，如果我们现在的科技信息依然停留在几千年或者几百年前，资金的跨区域流动还在依靠“银票”来作为载体传递价值，或者只靠肩扛手提笨重的金属货币，那么金融的作用范围、作用能力、作用幅度等都将受到极大的制约，对经济生活影响的深度和广度都将受到极大的限制，现代金融业所拥有的一切都将是不可想象的。正是随着电波时代的到来，使得资金跨区域流动向数字化转移迈开了关键的一步，由此，金融的作用和功能才被不断放大，人们的金融活动变得日趋便捷。

当人类的脚步迈入新千年以来，借助迅猛发展的互联网技术，金融业发展获得了巨大的“核动能”，特别是随着移动互联技术的普及应用，也就是信息技术进入 4G 时代，使得金融业更加认识到科技信息技术的重要性，行业发展获得了更多机会，为人类获取更多金融服务提供了巨大的想象空间。

不过，即便科技不断进步，从无线电波时代，到移动通信的 1G 时代、2G 时代、3G 时代及 4G 时代，全球各国始终没有以移动通信的代际来命名金融业，比如 1G 金融、2G 金融、3G 金融、4G 金融，虽然如今有互联网金融的全称，但这也只是一个比较笼统而宽泛的概念，并没有专门指出金融业在新时代的全部内涵，只是单独指出了金融的一种新形态、理财平台或金融服务方式，离完全意义上的高品质金融服务、异常发达的金融服务模式和高享受的金融服务产品等还有较大的差距。

正是基于这些原因，截至目前，全球金融界依然没有找到一种以移动通信的代际来单独冠名的金融形态，形成一种被人们广泛认可的金融独特形态，这不能不说是当前全球金融行业发展中的不足，或存在的一大遗憾。

从目前来看，有些热词更多流于喧嚣。以互联网金融为例，虽然互联网金融不再只是人们口中的一个词语，而是金融领域的一个专业词汇，不少高校追时髦，开设了互联网金融专业，成为金融专业下面的一个子专业，对莘莘学子产生了一定的吸引力；也有不少高校和专业机构成立了互联网金融研究机构，还有政府层面及民间组织组建了类似的研究机构，从表面上看，搞得热火朝天，然而，很多只是表面上看起来热闹，其实并没有触及科技信息技术及金融业互相产生“化学反应”的根本。

不过，值得注意的是，互联网金融能够独成一家，并激起了业界及民众的强烈兴趣和好奇，除了有传统的以 PC（个人计算机）为终端赋予的巨大功劳之外，也有 2G、3G、4G 移动终端的贡献，让互联网金融得到茁壮成长。可惜的是，即便如此，互联网金融仍未能取得冠名金融的“特权”，在专业的金融词汇中更没有 2G 金融、3G 金融和 4G 金融的称呼，业界对其也没有形成普遍的认同感，人们的口语中也很难见到以移动通信代际来命名金融名称的做法。

直到 5G 的出现，我们将 5G 和金融结合，创新性地提出了“5G 金融”的概念，也许有人感到不解，之前一直没有 2G 金融、3G 金融、4G 金融的提法，为何现在要提出 5G 金融这个概念呢？这正是本书要解答的关键问题，为了让人们对 5G 金融这一全新概念有一个全面深入的了解，同时对 5G 金融的内涵、本质及意义有全面而深刻的认识，我们将对 5G 金融的概念及特征进行独家解析。

一、5G 金融的概念

5G 金融，通俗地说就是 5G 移动通信技术与金融业深度融合，彻底改造和创造新的金融监管理念、金融发展模式、金融产品、金融场景、金融服务及金融发展方向，使得金融业的服务能力得到最大限度的扩展，并激发高效能的服务效率和低成本的服务潜能，从而让金融向着与社会、与企业、与个人更加和谐的方向发展。

那么，我们为何要提出 5G 金融这个新概念呢？主要是基于如下几方面的考虑。

首先，提出5G金融概念，包含着对5G金融的肯定和对5G金融的美好向往，尤其坚信5G时代将对金融业产生深远的、革命性的影响，并将给广大金融消费者带来比4G时代更加丰富多彩、绚丽夺目的金融生活，让人们对未来金融业带来的全新金融服务产生美好的神往。

其次，5G金融代表着全新的信息技术与金融业的深度融合，以崭新的姿态展示在世人面前，行业部分领域更会出现颠覆性的变革，甚至让人们对金融产生新的理解，重新定义金融业，赋予其全新的内涵，这一切都是以往的金融业不敢想象的。

最后，5G金融的诞生恰逢其时，大数据、人工智能等先进科技力量将与5G金融产生化学反应，改变传统金融在人们心中的旧有印象，为人们打开全新的金融世界。

尽管如此，我们对5G金融的认知仍要保持客观理性。5G金融本质上依然是金融，仍然担负着价值流动的使命，只是在完成价值的跨时间、跨空间流动中更加有效，手段更加丰富，形态更加多姿。

之所以做出这个判断，是因为以下几点原因。一是在5G金融中，5G是信息传输的手段和方法，实质是金融利用5G先进的技术手段，更好地服务于金融的发展，促进金融不断创新。二是5G金融并没有改变金融的本质属性，可以简单地概括为，以5G信息技术为载体或者传输手段，提高现代金融服务的效能，并由此催生的一切金融新业态、新金融产品以及新的金融生活方式，都可以称之为 5G 金融。三是 5G 金融是 5G 信息技术与金融业的相互融合，是金融业将 5G 技术全面运用和贯穿于金融行业及社会金融生活的各个方面，其相互融合的深度和广度将是系统性的、全面性的、深刻性的。但并不意味着，金融业在与 5G 信息技术的“婚姻”中，会全面丧失其原有的功能和作用，沦为 5G 的附属品。同时，也不能简单地理解为 5G 技术在金融领域的应用，而是 5G 技术使得金融业内部发生了根本性的突破或嬗变，使金融业获得了全方位的进步与发展，不断从低级形态走向高级形态，不断激发出金融行业的巨大潜能，为全社会提供更高效、更实惠的金融服务，使得金融业更加适应社会经济的发展和民众生活的需要。

二、5G 金融的七大特征

金融是人们在不确定环境中进行资源跨期的最优配置决策的行为。在 5G 金融时代，这种不确定的环境将变得更加确定，信息交流沟通更加充分，能够有效解决诸多信息不对称问题，以及由此产生的大量交易费用。我们知道，5G 具有高速度、泛在网、低功耗、低时延、万物互联、重构安全体系等六大特点。每个特点都将深化和影响金融业的多个方面，并推动金融业发生各种深刻的变革，使得金融业不断满足人们更加丰富多彩的需要。概括起来，5G 金融主要有以下七个比较明显的特征。

1. 资金配置效率更高

金融的重要使命和功能就是对资金进行有效配置，使得金融实现使用效率的最大化和最优化。目前，最新科技虽然在这方面发挥了较大作用，在有效配置资金方面的作用也越来越大，但由于受到科技自身发生迭代不够快的影响，资金配置远远没有达到最佳状态，由于受到行政及人为因素干预，导致大量金融资源配置到了不该去的地方，比如“两高一剩”企业（高污染、高耗能及产能过剩）及僵尸企业。虽然政府一直在持续认真治理，但问题仍然没有完全解决，这些企业依然占据了大量金融资源，使得我国信贷资金总体质量不高，不仅加大了不良信贷资产，也累积了较大的金融风险，同时这也是我国企业总体金融杠杆率过高的重要原因。

而在 5G 金融时代，由于其低时延、高速度及万物互联等功能将应用于金融业，将帮助金融业实现“全副武装”，具有更强大的金融预判力和战斗力，将使金融对资金的配置作用发挥到极致，也能够对不良的金融行为进行有效抑制，并始终确保金融业运行在健康轨道上。尤其是，5G 金融时代能使金融资金配置省去很多中间环节，直接将资金送到需要“支援”的目的地，实行资金的高效快速流动，让资金发挥出更大的效益，推动金融资源在全社会各需求主体之间合理流动。例如，现在我们把全社会的融资方式简单地划分为直接融资和间接融资。直接融资主要通过资本市场、企业债券等方式进行融资，减少了大量的中间环节和融资成本；间接融资主要是以银行为信用中介进行资金供需的间接匹配，由银行根据自身掌握资金的能力及社会各经济主体需求状况进行匹配。可以预见，5G 金融时代，由于金融监管部门及金融机构信息高度对称，能够让企业之间、企业与金融投资者之间的信息实现无障碍共享，未来以金融业间接融资的行为将走向幕后，并且占据的比例将不断萎缩，最终可能退出历史舞台。届时，直接融资将得到迅猛发展，资金供需匹配将实现精准对接，而且直接融资的方式也将不再拘泥于股票、债券、P2P 等形式，而是产生新的直接融资方式，在新方式下，资金的供需双方直接对接将更加频繁，比如企业直接向居民发行理财产品等，投资者完全可根据透明的企业信息决定是否购买，并愿意主动承担购买的风险。值得一提的是，由于发展了科技信息技术，使全社会金融投资信息实现了高度对接，闲置的社会资金将最大程度、最大范围被充分合理利用，资金需求将得到更大程度的满足，人们金融投资的效益有可能获得最大化。

2. 交易成本更低

无论是 1G、2G、3G 还是 4G 时代，虽然金融业的服务效率不断提高，金融服务成本也逐渐降低，使普惠金融能力得到较大的提高，但距离金融业自身发展的要求及民众对金融业的需求还有相当长的距离，尤其全社会获得金融服务的成本仍然较高，企业及金融消费者无论是直接融资还是间接融资，都需要付出较长的时间成本、资金成本，甚至是“金融腐败”成本，这也是民众对金融服务诟病较多的原因之一。

客观来说，造成这种状态并非金融业所愿，金融业的愿望是通过不断完善金融服务模式、创新金融服务、开拓金融服务市场，获得更多的金融资源，既能给客户提供满意的金融服务，让自己在获得发展的同时，又能不断提高自身社会服务形象和美誉度。然而，所有这些美好的愿望对金融业来说，仍然是难以企及的美好梦想，而阻挠金融业实现美好梦想的最大障碍，就是金融科技信息技术的滞后。比如，目前各级政府及行业主管部门都极力倡导普惠金融服务，而且金融机构也深知普惠金融服务的巨大意义和作用，但苦于相关技术落后，暂时无法将所有普惠金融需求者与金融服务的能力及方式进行全面匹配，实现普惠金融需求与供给的平衡。

可喜的是，随着5G金融时代来临，可最大限度地将5G技术的万物互联功能运用于金融服务，金融行业的信息搜集能力将得到大幅提高，金融信息搜集的范围也将获得无限拓展，有效金融信息也将获得更加充分的利用，金融服务信息与金融需求信息不对称的难题将得到有效破解，金融交易成本也将大幅下降，从而极大地增强服务实体经济的能力。比如，未来企业上市融资变得更加简单，完全可由企业根据自身的经营情况、资金需求状况、资金风险控制能力等，直接向投资者融资，金融监管部门只需负责制定规则、指导和监督即可，完全不用像现在这样要走很多复杂而烦琐的程序，可以节约时间成本、降低融资企业成本。尤其在普惠金融服务中，由于万物互联功能的使用，使得金融机构可对所有需要提供普惠金融服务的企业或个人进行市场细分，根据不同的金融需求状况提供定制化、个性化的普惠金融服务方案，提供批量化的金融服务，形成普惠规模优势，最大限制度地节约普惠金融成本，实现金融机构提供普惠金融服务成本与普惠金融使用者支出成本的“双低”。

3. 风险可控性更强

众所周知，金融业一直是高风险行业，因为金融机构是高负债经营，自身没有足够的“自有资金”，所拥有的资本金与负债相比，占比极低。按照《巴塞尔协议Ⅲ》的资本要求，2018 年底我国银行业系统重要性银行的核心一级资本充足率、一级资本充足率和资本充足率不能低于 8.5%、9.5% 和 11.5%，其他银行不能低于 7.5%、8.5% 和 10.5%。截至 2017 年末，我国商业银行核心一级资本充足率为 10.75%，一级资本充足率为 11.35%，资本充足率为 13.65%，较 2016 年底均略有上升。目前，商业银行的资本充足率整体水平高出监管最低标准 2~3 个百分点。尽管如此，与其巨额的负债相比，资本充足率仍显过低，是典型的靠“借债”吸收金融投资者的钱来进行经营的，也可基本理解为一种“无本生意”。所以，商业银行对风险是比较厌恶的，都希望追求无风险经营。

要实现无风险经营，将经营风险控制到最小，尤其是要消除经营过程中有可能累积的金融风险，防范区域性、系统性金融风险的发生，在 5G 金融时代极有可能实现。得益于 5G，金融业的风险防控水平将大大提高，金融业的风险防范现状也将大为改观。通过 5G 的万物互联及泛在网功能，可让金融监管部门及金融机构提高发现金融风险的能力，重新认识自身经营不规范的行为。更重要的是，5G 可让金融机构对金融风险信息的掌握更加全面，对风险信息的抓取更加迅速和灵敏，再借助大数据分析，几乎可以做到对客观风险进行精准、量化或定性的判断，并及时和实时实施干预，将风险化解在萌芽状态。尤其是，5G 可将构建安全体系的功能运用于金融业，可使金融业在金融风险控制模型构架、金融风险预警机制构建等方面建立起强大的"防洪大堤"，将有可能发生的金融风险有效阻挡在大门之外。

4. 金融服务更加便捷

金融业的终极目标是，在确保资金安全的条件下，实现金融资源的高速流转，实现金融资金配置或利用效率的最优化，从而达到经营利润的最大化。作为企业，金融机构的这些目标本身是无可厚非的，也是天经地义的，但金融机构实现这些目标的前提条件，必须要做到金融服务更加便捷、场景更加丰富，如果金融服务无法满足社会经济发展需要，尤其是企业及个人消费者的需要，那么金融机构所追求的一切永远是难以企及的梦想。

或许有人认为，4G 时代及之前的金融服务并没有那么便捷，银行等金融机构不是照样赚得盆满钵满，银行躺着赚钱的日子也维持了较长时间，这是否说明银行不需要改进和提高金融服务的便捷性和效率性呢？并非如此。过去银行赚钱很容易，主要靠的是政策，尤其是存贷款利差政策，让银行稳赚不亏，而随着存贷款利率保护机制逐渐被打破，趋于市场化，银行之前的很多优势将逐步丧失，如果这些金融机构意识不到问题的严重性，不及时果断地提高服务效率，可以预见，一定会被市场淘汰出局。

而且，金融消费者现在已充分感受到了金融服务便捷性的好处，只要带着一部手机，大多数交易都能轻松搞定。而在过去，这是不可想象的，无论是转账还是汇款都要去银行办理，购买东西都要使用现金。而在 5G 金融时代，金融的服务更加便捷，将突破现有领域，参透到金融生活的方方面面，尤其线上服务将成为未来金融服务的主流，金融服务的便捷性将超过以往任何时期，金融业服务将进入一个无所不能、无所不在的“万灵”时期。

5. 金融的普惠性更明显

过去，金融机构在普惠金融的服务方面耗费了不少精力，也取得了一定的成效，但相比民众对普惠金融服务的需求还有很多“供给”缺口。究其原因，是金融科技信息未能跟上普惠金融普及与需求的速度，而且金融机构在普惠方式上还比较落后，使得普惠金融总体处于粗放经营状态，精准化、定制化服务远远不够，耗费成本过高，并且没有抓住普惠金融服务的灵魂，使得普惠金融服务陷入了费力不讨好的局面，严重制约了普惠金融的全面、快速推广。对此，金融机构渴求新的科技信息技术赋能，能够在普惠金融服务中“神力”大增，使得普惠金融服务简单高效和低成本化。

5G 金融时代，金融机构在普惠金融服务方面的上述愿望将得以实现。因为借助 5G 的万物互联、高速传输及泛在网等功能特点，使得金融机构在普惠金融服务的信息抓取上具有得天独厚的优势，能够轻松消除普惠金融供需信息不对称的矛盾，根据服务对象主体的需求，提供定制化服务，让每个主体的金融需求都能得到精准的开发和评估，做到“一对一”的、多样化的金融服务，不再是简单地依照金融需求的主体资格提供金融服务。如此一来，小微企业、社会金融弱势群体的不同金融服务需求便会得到很好的满足，使其真正成为普惠金融服务的受益者。

6. 金融对科技的依存度更深

之前，科学技术虽然在推动金融业发展过程中起到了较大的作用，但在金融业主要以传统业务为主的时代背景下，很多环节靠手工操作就能完成，金融业对科技信息的敏感度不高，对科技信息的依存度也处于中性水平，远未达到高度融合的状态。直到 4G 时代，金融业处于由传统金融业向现代科技金融业的转轨阶段，金融业对科技信息的依存度有所增强，金融业也日益认识到科技信息对自身发展的重要性，特别是金融脱媒的程度日益加剧，凭借科技信息崛起的新兴金融业态，如 P2P 平台、现金贷等不断涌现，对传统金融机构的存贷款、中间业务等形成了前所未有的挑战，为了应对这种挑战，各金融机构纷纷成立了科技信息部门，专门负责开发新的金融服务模式与研发新的金融服务产品，由此，金融业的科技信息水平大幅提高，竞争力得到加强，产品不断丰富。

随着 5G 金融时代到来，将迫使金融机构投入更多的精力和资源进行新产品的研发，也会促使金融业与科技的融合达到前所未有的程度，金融对科技的依赖程度将大幅提升。同时，也将促使金融业对信息技术的要求不断提高，尤其在资金安全和风险防范方面。

7. 金融交易场景更丰富

5G 金融时代，科技信息技术在给金融业带来丰厚回报的同时，也必将推动金融服务场景进一步美化、亮化和优化，给金融消费者带来更高品质的服务体验，让金融机构与金融消费者产生良性互动，为金融业开辟更广阔的空间营造有利的环境。

这一点，人们的感受是十分明显的，在科技信息相对落后的 1G 和 2G 时代，金融消费者需要到营业厅办理业务，看到的、接触到的都是几个鲜活的服务员工，根本没有便捷的自助式服务和其他金融信息，一切都要向工作人员咨询，如果工作人员心情不好，服务态度差，金融消费者还得受气。而到了 3G 和 4G 时代，金融场景完全不可同日而语了，在营业大厅有电子信息展示屏，滚动播放存贷款利率、理财产品、金融政策等信息，还增加了自助服务设备。最近几年，金融机构不仅提供了手机银行、手机炒股等服务，还引入了大堂机器人，金融服务的场景日趋丰富。

到了 5G 金融时代，由于泛在网、万物互联、低时延等功能全面应用于金融业，金融的服务场景也将更加丰富和美化。未来，消费者不用到银行营业大厅就可办理贷款业务、购买理财产品等，只要有移动网络覆盖，比如在宾馆、咖啡厅甚至远离城市的郊外，都可以轻松进行很多金融消费活动。

真正破解“融资难，融资贵”难题

总体来看，5G 赋予了金融业新的经营管理特征，使金融业在资金运筹、信贷投向、服务方式、服务方向等方面将产生新的革命性变化，这些变化集中在服务实体经济的效率性、信贷支持判断性、上市融资把握性、保险担保适时性等方面，能从根本上打通金融机构与企业之间信息不完全对称的障碍，实现金融服务和融资需求的信息通畅化和透明化，最终成为破解企业“融资难，融资贵”的利器。

众所周知，金融最核心的功能就是实现资金的融通，让资金跨时间、跨区域自由流动。信息科技的飞速发展，让资金跨区域流动越来越便捷。特别是随着移动互联网的飞速发展，以支付宝、微信支付、云闪付为代表的移动支付极大地改善了资金的跨区域流动，只需一部手机便可轻松完成支付，不用携带现金，既快捷又安全，这是过去人们难以想象的事情。时间倒退几百年，人人都携带着十分沉重的贵金属——如金币、银元去购买东西，极为不便，也非常不安全。特别是要购买大件的物品时，还需要专人负责押送银钱。近代以来，随着电的发明和纸币的普及应用，在一定程度上解决了现金携带笨重的困难，实现了资金跨区域的快速流动。信息技术的高速发展，对资金流动的影响较大，4G 网络催生了第三方支付，让人们踏上了信息科技的高速列车，也推动人类实现了接近极致化的支付便利。不过，信息科技对支付的影响仍在继续和深入，5G 金融时代，必将把金融的跨地域融通推向极致，而且，科技信息推动金融业向前发展的趋势也会继续下去。

虽然资金的跨区域流动在信息技术的帮助下已经基本满足了人们的需求，但金融另一个重要的核心功能——资金和财富的跨时间流动，依然有许多问题亟待解决。

什么是资金和财富的跨时间流动？举一个简单的例子，有人想买一套房子，但没有足够的钱，于是他想从银行贷款，每月支付住房抵押贷款，这样他就可以拥有自己的一套房子。这就是一个简单的资金跨时间转移的模型，购房者通过银行贷款，将未来的资金折现到当下满足自己的住房需求，银行通过贷款将资金转移到未来，每月收取住房抵押获得稳定收入。这就是大家非常熟悉的银行信贷。金融机构发放贷款，借款人从银行借来资金满足自己的消费或者生产需求，巧妙地实现了资金跨时间流动。当然，资金和财富在时间轴上的流动还有很多形态，也是现代金融较为核心的业务，比如投资理财、信托、保险等。

在众多资金跨时间流动的形态中，融资是最常见的形态，也是最重要的形态。融资简单地讲就是如何获得资金。然而，自金融诞生以来，“融资难，融资贵”一直未得到很好的解决。回顾人类金融的发展史，从某种意义上讲就是借贷人和放贷者进行互相博弈的发展史。值得欣喜的是，金融的出现和发展改变了人类的经济环境，尽管道路充满艰辛曲折，但仍会继续破浪前进。尤其是现代金融业飞速发展，随着融资渠道的多元化以及金融产品的不断丰富，人类早已告别了只有“高利贷”的时代。如今，银行、证券、保险、信托、租赁等各类金融业态层出不穷，融资渠道已经十分丰富和通畅，人们解决融资问题也有了多种多样的手段。尽管如此，“融资难，融资贵”依然在很多国家、在一定范围内存在，尤其在农村经济不发达地区和中小微企业，“融资难，融资贵”的形势仍然十分严峻。

一、“融资难，融资贵”是一个跨越千年的历史性难题

金融的起源和融资是分不开的。劳动的分工和产品的剩余产

生了交易，交易催生了货币的诞生，同时产生了最原始的借贷。初期的借贷活动，可能只是粮食、牲畜的借贷，随着货币的使用，借贷从实物借贷扩展到金钱借贷，借贷更加常见和方便。近代在巴比伦和亚述出土了楔形文字的泥板，泥板上记载了公元前3200—公元前 1600 年的借贷活动，从这些借贷活动中可以看出，当时的借贷主要是实物借贷和金钱借贷。泥板上记有借贷的金融、利率水平，还有借贷双方担保人的签章，这可能是人类历史上最早的借贷合同。

借贷活动有效地促进了资金的流动，有力地推动了社会的专业化分工。但在当时那个物质极度匮乏的时代，“融资难”的问题普遍存在。早期的信贷业务主要服务有钱人和王公贵族，普通百姓是没有借贷资格的。当然，也有小部分银行愿意贷款给农民或者普通手工业者，但需要借款人以土地和贵金属做抵押，而且利息畸高，违约还要承受非常严厉的惩罚，有可能沦为奴隶或者被处死。公元前 1000 年左右，希伯来游牧部落定居迦南，由于战乱频发，很多借款人因无力偿还债务而沦为奴隶，债权人可要求借款人为期六年的劳役偿债。

正是因为借贷一开始就烙上了人性的贪婪和自私，在漫长的人类文明进程中，从事借贷生意不太受人尊敬。限于当时的生产力发展背景，以及贫富差距较大和物质极度匮乏的双重矛盾，“融资难，融资贵”既是现实无奈的选择，也是人性的选择。虽然人类并没有对这种选择坐视不管、放任自流，但从制定法律制度的强制措施到宗教的灵魂控制，再到哲人、文学家等社会力量的强烈谴责和无情鞭挞，依然没能使问题得到很好的解决。这些做法违背经济金融的客观规律，未能认清问题的本质原因，只是从法律或道义的层面出发，将经济问题完全社会化，显然与解决问题的方向是背道而驰的。

世界上第一部比较完备的法典——大约颁布于公元前 1776 年的《汉谟拉比法典》对借贷行为做了严格的规定，从贷款发放、放贷方式、担保模式到债权债务管理，再到利率如何定价，都有较为明确的法律条文。该法典制定的谷物贷款利率上限高于白银贷款，谷物贷款年利率最高为 33.3%，白银贷款年利率为 20%。该法典对特殊情况下的利息或本金给予了减免，例如法典第 48 条和第 52 条规定，在遭遇旱灾或水灾的年份，农民可以不用归还本金或利息。法典还规定，放贷者若收取超过规定的利息，债权将无法保障，这和我国发布的《最高人民法院关于审理民间借贷案件适用法律若干问题的规定》中规定的利率受保护区间有些类似。

早期罗马的《十二铜表法》中，直接将最高利息定为年息 12%。英王亨利八世于 1542 年颁布了《反高利贷法案》，允许贷款合法收取 10% 的利息，然后在 1624 年将利率降为 8%。我国汉代以后，对高利贷利率管制便形成了正式的法律规定。《汉书》中就有诸侯因放贷取息过高而受到处罚的记载。以后各代王朝，不论是正式的法典，还是平时的诏令、文告等，对高利贷利率均有规定。

站在涤荡人类灵魂的制高点，宗教更是对“高利贷”进行了严厉禁锢。基督教一直反对高利贷，在基督教的末日审判中，高利贷者是贪婪、无耻和自私的，死后将要下地狱、变魔鬼，基督教用死后将得到惩罚的方式告诉人们，金钱是万恶之源，高利贷者将不会有好下场。基督教成为政教合一的国教后，金融借贷更被暴力践踏，常常以国家法令法规的形式禁止借贷行为。公元789年，法国加洛林王朝第一任国王丕平和他的宫相查理·马特颁布了世俗信贷禁令。公元800年，查理曼大帝将信贷禁令扩展到世俗社会。在法兰克王国颁布的《普遍训诫》中，禁止世俗社会有息信贷成为政治策略，高压措施变本加厉。1179年，天主教会宣布不允许为高利贷者安排宗教葬礼。1311年，教皇克雷芒五世宣布放贷收息是异教行为，废除所有允许利息的法规。16世纪，法国出台了大量高利贷禁令，并鼓励人们告发，一旦被确认从事高利贷将会受到缴纳白银100斤的处罚，屡教不改者，将会被开除基督教教藉。

文化裹挟着道德对高利贷进行了无情的批判和鞭挞。在基督教的深刻影响下，西方文化对借贷行为的接纳也显得异常艰难，文学作品中常常对“高利贷者”充满鄙夷和不屑，通过故事和情感的渲染，让高利贷者站在了正义和道德的对立面。著名的“文艺复兴三杰”之一的但丁，在其作品《神曲》中对高利贷者进行了刻薄的挖苦和嘲讽：“脖子上挂着钱袋子，装饰着五颜六色的挂件，满眼都是饥饿。”著名戏剧作家莎士比亚在其作品《威尼斯商人》中将贪婪、无耻、吝啬的犹太商人夏洛克刻画得活灵活现，在借款人安东尼奥无法还贷时，夏洛克让其按约定割下自身一磅（约 0.45 千克）肉。这种突破人性底线的“高利贷者”，既是莎士比亚心中的高利贷者，也在影响着人们心中的高利贷者形象。我国的传统儒家思想提倡重农抑商，高利贷者一直都是奸商的代表，一定是自私、贪婪、市侩、唯利是图的。借贷在中西方文化中都未得到认可，放贷往往被视为欺诈、贪婪的不道德行为。

无论是法律以理性强制约束人们的借贷行为和限制高利率，还是宗教以极端做法禁止借贷利息，或是文化以春风化雨一般影响和引导借贷，都未能真正解决“融资难，融资贵”问题。相反，宗教、文化以提倡资金的极致的“惠”，抹灭资金占用的时间价值，在一定程度上阻碍了金融的发展。

二、当下仍面临“融资难，融资贵”难题

回顾金融发展历史，可以发现，“融资难，融资贵”跨越千年，一直是金融发展需要解决的本源问题，尽管过程艰难曲折、充满挑战，但总体上是朝着解决金融之普（融资难）和解决金融之惠（融资贵）方向发展的。就当下经济金融发展环境来看，“融资难，融资贵”主要发生在两个领域：一是从贷款主体上看，主要是中小微企业和社会金融弱势群体；二是从地域来看，主要体

现在农村地区的产业和项目上。

中小微企业及社会金融弱势群体“融资难，融资贵”并非只有我国才有，这是一个世界性难题，全球经济学家和金融专家都在致力于研究破解此难题，但至今未能找到比较有效的办法。经济金融实践者也试图通过不同路径探索，制定相关政策，寻求解决问题的症结，依然收效甚微。农村领域的融资问题在全球依然普遍存在，尽管极少数国家已经得到有效解决，但大多数国家的农村依然遭受着“融资难，融资贵”的煎熬。孟加拉国的经济学家穆罕默德·尤努斯创立了格莱珉银行，通过发放小额信贷较好地解决了孟加拉国农村地区的融资问题，但这种做法和经验在其他国家大多以失败而告终，这说明有些普惠金融措施具有明显的地域性特征，不具有普遍推广性。

无论是中小微企业、金融弱势群体还是农村领域，出现“融资难，融资贵”的根本原因，都是信息不对称导致的风险可控性较低和缺乏担保物。

首先，资金供给方无法准确有效地获取资金需求方的相关信息。中小微企业大多没有健全的财务制度，无法通过财务报表将企业财务信息及时精准地传递给资金供给方。同时，中小微企业往往不具备完整的公司治理结构，经营时间相对较短，内部管理随意性较大，这导致金融机构对小微企业的信任度不够，加上贷款企业的历史数据搜寻困难，中小微企业的融资门槛自然会大大提高。

其次，中小微企业往往缺乏有效的担保抵押物。因为当前金融机构大多以担保抵押物作为信贷融资的保障品，所以许多企业只能望而却步。农村地区同样存在获取贷款人信息成本较高的问题，一方面由于农村地域广阔，居住较为分散；另一方面由于农村的管理较为松散，掌握贷款人信息需要花费大量时间，而且还难以得到准确有用的信息。同时，农村产业项目受自然灾害天气的影响大，抗风险能力弱；加上保险机构对农村产业保险风险的厌恶，使农村产业项目基本处于“裸奔”状态，缺乏足够的风险保障措施，而各级政府在农村产业项目风险担保机制以及风险补偿机制构建方面处于落后或空白状态，一旦遇到天灾人祸，极有可能“颗粒无收”。另外，农村产业经济普遍缺乏担保物，金融机构为规避风险会选择不轻易放贷，为补偿风险会提高贷款利率。中小微企业和农村地区的贷款需求主体除了难以提供可靠的抵押物品，也难以找到合适的担保人。农村的资产变现能力弱，市场价格难以评估，难以成为满足金融机构条件的抵押物。最为严重的是，农村产业受市场波动影响大，增产不增收，“谷贱伤农，谷贵伤民”的价格周期性怪圈始终成为农村产业头上驱之不散的“阴魂”，使农业产业项目效益低下，银行金融机构不愿轻易涉足，这些都是我国农村产业经济一直处于落后状态的根本原因。

最后，中小微企业、社会金融弱势群体和广大农村地区的融资渠道十分狭窄，几乎都困在银行融资这座独木桥上。而大型企业融资渠道多样，由于自身实力较强，银行愿意借款，即使不从银行融资还可以通过发行债券、上市等途径融资。中小微企业融资渠道有限，在面对金融机构时，议价能力较弱，缺乏足够的话语权，只能被动接受较高的融资利率，使“融资难，融资贵”成了难以治愈的顽症。

三、5G 金融有望破解“融资难，融资贵”难题

“融资难，融资贵”问题的根本原因是信息不对称，这正是5G 金融时代亟待解决和能够解决的问题。此前，资金的供给方无法获得贷款人真实全面的信息，为了规避风险，不得不提高融资门槛和融资价格。5G 金融则可以利用超强的信息传输能力，让资金供给方和需求方顺利实现信息的沟通与共享，准确高效地完成双方信息的匹配，从而降低交易成本，规避可能发生的潜在风险。

1. 5G 金融可为破解“融资难，融资贵”难题提供技术支撑

由于 5G 金融将充分利用 5G 的万物互联、泛在网以及低时延等功能，使金融机构能够通过这些技术和功能准确掌握辖内或更大范围内有信贷需求的中小微企业、社会金融弱势群体、农村地区客户，并通过准确定性来对其有效融资需求进行定性分析，得出是否放贷、利率多少适合的判断，有效解决“融资难，融资贵”的技术性难题。

2. 5G 金融可为破解“融资难，融资贵”难题提供风险保障

由于 5G 金融充分利用了 5G 重构安全体系等功能，对中小微企业、金融弱势群体、农村弱势产业建立科学的融资计量模型，通过这个计量模型对有信贷需求的客户进行精准筛选，将可以进行融资的客户全部纳入服务范围，提供及时的融资服务，破除融资难题。同时，通过万物互联、泛在网、信息高传输功能，准确发现融资过程中或融资之后的风险苗头，及时采取有效止损措施，从而将融资风险控制到最小，从根本上降低金融机构的融资风险。

3. 5G 金融可为破解“融资难，融资贵”难题提供判断标准

5G 金融充分利用 5G 的万物互联、低时延功能，能够对所有有融资需求的客户进行准确的判断，通过储存的融资客户信息，分析判断出谁是真正的融资需求者，谁是虚假的融资需求者，从而分别采取有所区别、灵活有效的融资措施，使真正需要融资的客户得到合理满足的服务，而将那些不需要融资的客户或者恶意的融资行为阻挡在大门之外，充分实现金融资源的高效合理配置，让金融资源的“阳光”晒向真正需要融资的客户，有效破解“融资难，融资贵”怪圈。

4. 5G 金融可为破解“融资难，融资贵”难题提供政策导向

5G 金融时代，金融机构凭借先进的科技手段，长出“顺风

耳”和“千里眼”，能够对有融资需求的客户的动机、行为进行准确画像，帮助监管部门提供决策参考，并出台鼓励讲信用、守法纪的融资需求者可优先融资的政策措施，让有融资需求的客户树立“讲信用光荣，不讲信用可耻”的融资氛围，有效净化社会融资生态，消除金融机构放贷的种种担心，使客户的合理融资需求得到及时、有效的满足，从而为全面破除“融资难，融资贵”奠定坚实的政策基础。

第二章

5G 对传统金融业的改造途径

对传统金融业的产品、流程和模式进行改造

随着5G的诞生并走入人们的日常生活，引发了一场巨大的科技信息革命，不亚于在移动通信领域释放了一枚“原子弹”，将激发出巨大的社会潜能，为工业制造、商业流通、进出口贸易、交通旅游和文化影视等无数行业带来革命性影响，为传统产业注入“强心剂”，突破这些产业以往未能克服的许多发展瓶颈，为社会经济发展提供强有力的“助推剂”。更为重要的是，5G与金融发生化学反应后，必将使整个金融业的经营理念、经营方式、经营行为、经营目标、风险控制模式、盈利能力等方面出现新的变化。

简而言之，5G将成为金融业原有经营管理模式的“掘墓人”和新的经营方式的“拓荒牛”。可以预见，5G对银行、证券、保险等传统金融业态的影响将是深刻的。一方面，5G会对传统的金融业态进行改造升级，催生新的金融业态，淘汰落后的金融业态。如同P2P、第三方支付等新兴金融业态从无到有，并迅速崛

起，在影响和改变传统金融的同时，也让部分旧的金融形态日渐式微，最终被历史尘封。另一方面，5G 也将深刻影响金融服务的模式和内容，改变金融的管理方式和经营管理思维，使金融业的经营理念不断向开放包容发展，使金融服务模式不断由低级向高级转化，使金融盈利能力由过去全面撒网式的“广种薄收”向精准扶持式的“广种广收”方向转变，使金融普惠能力由现在的粗放式向精细化转化。

随着 5G 金融时代的到来，金融活动将融入人们生活的方方面面，比如在商场购物、在咖啡馆喝咖啡、在酒店住宿、在农贸市场采购农副产品、外出旅游、出国留学等，都将通过 5G 的万物互联功能，实现与金融机构的高效对接，使人们在享受生活服务的同时，将金融消费服务轻松搞定，即日常生活与金融活动的界限不再那么明显，而是“你中有我，我中有你”。

那么，5G 将会对传统金融业进行怎样的系统性改造呢？下面一一进行深入剖析。

一、5G 对银行业的改造

目前，我国银行业机构庞大，从业人员数量较多。据中国银保监会发布的银行业金融机构法人名单，截至 2018 年 12 月底，中国银行业金融机构数达到 4 588 家，较 2017 年末增加 39 家。此外，还有贷款公司 13 家、农村资金互助社 45 家、外资法人银行 41 家、信托公司 68 家、金融租赁公司 69 家、企业集团财务公司 253 家、汽车金融公司 25 家、消费金融公司 23 家、货币经纪公司 5 家、其他金融机构 14 家。截至 2019 年 2 月 11 日，登记在册的全国银行物理网点有 22.86 万家，全国银行机构就业员工约为 380 万人。

对于银行业而言，随着 5G 与云计算、人工智能等技术的快速融合，有望在以下几个方面为银行业的创新发展赋能。

1. 极大地提升银行业服务效率

随着社会发展和科技进步，银行业的服务效率、服务质量、服务水平也不断提高，为金融消费者带来了很多的实惠和便利，但不少银行机构迄今仍然没有摆脱服务环节多、流程复杂、效率低等窠臼，不仅使银行机构发展受到了较大的影响，也让民众获得金融服务的成本居高不下。尤其是，一些边远落后地区由于信息不通畅，成为金融服务盲区，不少民众办理存贷款业务要跑到几十公里甚至上百公里外的银行基层网点，时间成本和交通成本较高。而将 5G 应用于银行业之后，这些问题都能得到破解，银行业的服务效率能得到前所未有的提高，服务范围得到广泛延伸。因为 5G 设备向远程服务器发送命令并获得回复所需的时间将从 4G 时代的 50 毫秒降低到 1 毫秒以下，对银行而言，可以大幅缩短支付、汇款、产品购买的交易时间，使金融消费者大幅降低时间成本和交易成本，不用出门就能享受比现在更好、更安全、更快捷的银行服务。与此同时，银行的服务效率得到极大的提高，银行服务的范围得到大幅拓宽，经营盈利能力也大大增强。

2. 极大地简化业务流程

过去，银行业在拓展金融业务活动时，由于受限于科技信息技术限制，也为了防范业务风险，业务流程链条显得冗长复杂。比如，商业银行在发放一笔贷款时，从贷款需求企业（人）提出申请，到商业银行信贷人员深入企业现场调查、信贷人员收集资料提出初步贷款意向，再到商业银行贷款审查组集体讨论决定是否放贷，签署同意贷款意见后，如果数额较大超过权限，可能还要让上级银行审批，最后这笔贷款才能发放到贷款企业（人）手中。完成业务流程的时间短则一个月，一般两三个月，长则半年都不一定能走完流程。烦琐的贷款业务流程，不仅使商业银行在放贷中无法做到灵活自如，也容易丧失良机，影响商业银行效益，更容易让贷款企业（人）陷入无望的等待。而 5G 可连接海量、多样、关联的信息数据，可颠覆传统的各类材料准备、审核模式，为银行提供实时、高效、精准的业务支撑，使企业（人）提出申请到银行发放贷款，会省略很多中间审批环节，因为一笔贷款提出来之后，通过 5G，商业银行所有参与贷款决策的人员及上级机构审核人员能够实现同步审核，大大缩短贷款审核时间，商业银行在处置贷款时能够更加灵活机动。

3. 极大地优化客户交互模式

过去，由于受限于科技信息技术的发展程度，在开展各类业务与推进过程中要了解是否适合市场、是否适合金融消费者的需求与习惯，往往要通过市场调研和网络问卷调查，才能得出一个基本结论，并且银行与客户之间的信息交互相对滞后，无法及时掌握金融消费者的需求动态及金融市场发展动态，使银行机构在创新业务时成了“两眼瞎”，最终提供的服务也难以让消费者全部满意，甚至因为提供的金融服务脱离了金融消费者的实际需求而广遭诟病。5G 时代，银行机构与客户之间的交互模式将发生的深刻变化是，金融科技公司将研发出大量智能化设备，比如智能机器人等，银行可为客户提供远程咨询、智能语音交互等优质服务，使银行与客户之间的沟通畅通无阻，银行可及时掌握客户的需求、意见或建议，第一时间改变自身不足，快速提高自己的服务质量、效率和水平。尤其是，5G 与 AR、VR（虚拟现实）等技术融合，银行机构可提供场景浸入式服务，将日常消费场景引到客户身边，为客户提供无边界服务，实现银行服务与客户需求的无缝对接。

4. 极大地促进信贷业务及产品创新

过去，银行机构虽然在银行信贷业务及产品方面有所创新，推出了一些有针对性的信贷业务模式和信贷服务品种，对提高企业和社会大众的信贷服务可获得性做出了巨大贡献，但所有这些与社会对银行信贷业务及产品创新的现实需求仍有较大差距，甚至银行信贷业务的发展也遇到了瓶颈。比如，在当前背景下，银行信贷到底该向何方发展？银行信贷产品创新的重点应该在哪里？这些问题不仅让银行管理者感到头痛，也更让相关业务陷入了徘徊不前甚至萎缩的边缘。而在 5G 时代，银行机构可通过万物互联等功能特点，搜集海量、多态、多维、强关联属性的大数据，及时掌握企业和个人的资产信息、生产经营状况等动态数据，解决目前信贷业务数据的准确性和稀缺性问题，进而基于商业共识推出信贷业务新模式，在信贷业务的探索和信贷产品创新上放手大干，为信贷需求者量身定制匹配的信贷服务模式和信贷产品。最为重要的是，以前有的资产不能作为银行贷款的抵押物，未来这些资产能否成为抵押物将变得很简单，因为各经济参数与个体之间可以随时建立联系，通过云端数据中心，利用 VR 技术模拟现场就能达到现场调查的效果，银行调阅信贷需求者所需的时间大大缩短，效率大幅提高。

5. 极大地促进和改造支付业务与中间业务

众所周知，过去银行给客户办理支付业务及中间业务主要通过线下方式进行，时滞影响明显。而且，这对银行拓展中间业务也带来了较大的制约，使银行中间业务基本停留在发行理财产品、充当所谓财务顾问等简单的方式上，并未在代客理财、投资顾问等方面真正发挥作用。而 5G 与金融业高度融合之后，必然会对银行业的支付业务及中间业务带来深刻的影响和变革。一方面，银行支付业务不再依靠线下营业厅办理各种汇款、转账业务，也不再依靠银行卡及其他第三方支付机构提供的支付业务，而是将所有的支付业务由线下向线上转移，利用 5G 的低时延等特点，实现银行机构之间、银行与客户之间、客户与客户之间支付业务的自主化、自助化，使资金转移实现无间隔化和高速化；另一方面，银行中间业务不再局限于原来那些创新不足、活力不够、品种单一的模式，尤其是一些并不提供实质性中间服务的"假中间业务"将退出历史舞台，使银行中间业务真正名副其实，回归本源，由此，不仅可推动银行中间业务迎来黄金发展期，还可使银行中间业务成为无所不包的"金融超市"。

二、5G 对保险业的改造

保险业是金融行业的重要组成部分，随着人们保险意识的增强，保险金融服务在社会经济发展以及人们的日常生活中发挥的作用越来越强。几十年来，保险业为社会经济发展、民众减少财产损失等方面做出了重要贡献。保险产品的分类较细，比如财产险方面就有企业财产保险、家庭财产保险、农业保险、信用保险、工程保险等。

随着社会经济不断发展，人们对保险需求不断扩大，需要的保险产品也不断丰富，而受限于科技信息技术的发展步伐，保险业在很多领域仍处于滞后状态。比如，在农村重大自然灾害保险方面，目前仍裹足不前，不利于农村的产业经济健康发展。而 5G 时代的来临，也将使保险业出现一场深刻的变革。5G 对保险业的改造将体现在如下方面。

1. 保险业的经营理念将发生巨变

万物互联是 5G 时代的显著特征，这一特征将赋予保险公司前所未有的数据获取能力，同时无处不在的感应器，将改变保险机构风险管理的思维方式，给保险业注入更多创新活力，推进传统保险经营模式转型。可以预见，在产品研发、定价、销售、投保、核保、理赔以及防灾防损等环节，都有巨大的融合创新与应用空间。

2. 保险业的经营模式将发生改变

由于 5G 具有高带宽、低时延的特性，传统保险业的销售和服务模式将发生很大变化。未来，保险机构的门店将逐渐消失、绝大多数业务将转移到线上，尤其在引入人脸识别、远程面签、VR 等技术后，保险业的经营模式将更加智能化和人性化。

3. 保险业的经营效率将大大提高

5G 可为查勘定损提供强大支撑，从而大大提升经营效率。比如，从事农业保险的保险公司在进行灾情查勘或定损时，可通过连接 5G 网络的无人机或远程设备，快速识别农险客户的受灾情况，为农户提供及时精准的赔偿。

4. 社会保险需求将不断扩大

4G 改变生活，5G 改变社会，随着 5G 深入影响各行各业，更多新的保险需求也将不断被市场激发出来，保险公司将获得新的发展机遇。比如，5G 应用到健康领域后，远程会诊、远程手术、自动驾驶等过去只停留在概念阶段的设想将逐步成为现实，这些新的场景将催生大量新的保险需求。

5. 保险产品将出现更多的创新

5G 还将推动保险产品的形态发生变革。以车险为例，未来，基于 5G 的无人驾驶技术广泛运用，将推动原有的车险产品向无人驾驶汽车的产品责任险和 5G 的网络风险保险等方向转变，随着大量创新产品出现，保险产品形态的转变将成为一大趋势。

三、5G 对证券、信托、租赁及互联网金融等产业的改造

限于篇幅，5G 对证券、信托、租赁及互联网金融等产业的改造这里只做简要阐述。

一是，5G 的万物互联及泛在网功能，将使证券业的发展空间急剧扩展，获客能力大为增强，不用再像现在这样，派出大量

的客户经理到处拉人开户。届时，可以根据客户的资金实力、风险偏好等信息，向意向性客户提出有针对性的、个性化的开户建议。对股票投资者来说，可以有海量的应用场景供自己选择。而且，股市信息将变得更加透明，所谓的内幕信息将大幅减少，过去那种追涨杀跌、盲目跟风的现象会明显减少，中小散户只能充当“韭菜”的格局或成为历史。最为重要的是，监管部门可利用 5G，对欺诈上市、财务造假等资本市场的乱象做到及时发现和查处，有利于从源头上净化资本市场生态环境，保护广大投资者的利益。

二是，5G 将会加快信托公司数字化财富管理的建设，推动信托公司积极构建新的资金端和业务端发展模式，信托公司对新产品的研发能力、管理能力、营销能力、风险管控能力等均得到大幅提升。随着服务效率提高，服务更为透明、更能满足不同客户的需求，信托业将更加深入人心，相关机构成为真正“受人之托、代人理财”的专业金融公司。

三是，5G 运用于租赁业，可让出租人与承租人之间的信息更加透明，实现租赁业的公平公正，减少行业风险，尤其可减少各种欺诈租赁行为，使租赁业始终运行在健康可持续发展的轨道上。

四是，5G 运行于互联网金融，将对以 P2P 为代表的互联网金融带来深刻且前所未有的改变。具体来说，监管当局可利用 5G 万物互联等功能特点，及时发现 P2P 平台的经营情况及可能存在的问题，防止发生资金被转移挪用等现象。尤其是，还可严把 P2P 准入关，将一切心怀不轨的 P2P 平台挡在互联网金融行业的大门之外。同时，合法经营的 P2P 平台也可充分利用 5G 发现不同风险偏好的客户，为其匹配相应的产品，做好资金撮合，避免欺诈风险，提高行业的经营效益和抗风险能力，为普惠金融事业做出积极贡献。

赋能第三方支付更加多元化

近年来，随着 4G 网络的快速发展和智能手机的普及，高速无线网络满足了用户对移动带宽和实时性的需求，为用户带来了良好的在线移动支付体验，带动了第三方移动支付蓬勃发展。

目前，移动支付已经覆盖了我国绝大多数城镇，基本取代了长期存在的现金交易和银行卡交易，人们延续了千百年的交易习惯，在较短的时间内发生改变。对于当下的中国民众来说，智能手机、微信、支付宝已成为生活日常中不可或缺的一部分。依托日新月异的先进科技和庞大的市场需求，移动支付已经渗透到民众生活的方方面面。

令人自豪的是，依靠稳定的 4G 网络基础设施和体量巨大的市场，中国的移动支付已经站在引领时代潮流的位置。说起移动网络支付，自然绕不开大名鼎鼎的支付宝和微信。可以说，支付宝、微信等第三方移动支付平台已占据全球金融科技的制高点。那么，人类社会进入 5G 时代之后，将会对支付宝等第三方支付的功能、场景带来哪些变化呢？

据《新京报》2019 年 8 月 29 日报道，支付宝相关负责人介绍，在公交、地铁、高速、单车等出行场景，支付宝服务用户数已达 4 亿。据《深圳特区报》2019 年 3 月 26 日报道，微信支付月活跃用户已达到 8 亿以上。此外，据艾瑞咨询发布的 2019 年第一季度中国第三方支付季度数据报告显示，第一梯队的支付宝、财付通（含微信支付）分别占据了 53.8% 和 39.9% 的市场份额。

支付宝和微信等第三方支付为人们带来了极大的便利，让人们感受到了科技的魅力，但人类追求美好生活的步伐不会就此止步，就在人们还沉浸在 4G 技术带来的快乐之中时，5G 时代悄然来临了。

在 3G 和 4G 时代，移动支付经历了一个从无到有、从单一到聚合发展的过程。从早先的密码支付、条码支付、POS（销售终端）支付、指纹支付，再到二维码支付、刷脸支付，支付所需时间越来越短，效率大幅提高，但受限于基础设备和网络速度，仍存在不少瓶颈。而在 5G 时代，虚拟现实、云计算将不再受网络带宽和时延的限制，数据传输、存储和计算功能可以极快的速度从本地转移到云端，人们的体验更加贴近现实，VR、AR 的应用将为支付提供更加丰富的数据决策辅助和更加真实的场景体验。

一、支付方式日趋多样化

在 2G 时代之前，支付业的发展是从以电话 POS 机和有线

POS 机为代表的离线 POS 机开始的，当时的 POS 机通信都是通过电话线传输的，偶尔有极少的移动 POS 机，是身份的象征，价格异常高昂。2G 时代需要安装 POS 机，需要连接电话线和电源线，使用前调试半天，在使用过程中会经常遇到无法支付的情况，因为通信信号不稳定，所以支付效率很低。人们一直在为提高支付效率而不懈努力，互联网支付的雏形也在这一时期开始萌芽。虽然还不成熟，但是与传统的现金支付相比，早期的电子支付算是一大进步。

3G 时代，通信效率得到提高。同时，移动 POS 机的批量生产，使成本有所降低，于是移动 POS 机的商户数量不断增加，加之央行开始发放支付牌照，电子支付交易出现爆炸式增长，这一现状令当年的支付机构和银行喜出望外，中国移动 POS 机的普及率不断提高，让世界各界羡慕不已。

此后，随着科技的迅猛发展，互联网支付也飞速发展，保险公司和电子商务平台选择与第三方支付公司合作，只需付出很少的接入费，即可省去许多麻烦。当时，支付公司垄断了这类业务，银行和合资企业不能参与，后来出现了“断直连”（指第三方支付机构切断之前直连银行的模式，接入网联或银联）。

4G 时代，其网络速度是 3G 的几十倍。4G 催生了新的商业形态，直播、短视频、扫码支付、移动互联网纷纷崛起，4G 改变了人们的生活方式。出门不带钱包，随时掏出手机扫一扫已经成为人们的习惯，“4G 网络 + 二维码 + 智能手机”的组合取代了现金支付领域，扫码支付成为主流。

5G 时代，新技术将催生出更加丰富的生活和支付场景，进而衍生出更加多样化的支付方式。随着大量智能化设备应用于支付中，通过人脸识别、声音识别等方式进行支付将成为现实。可以预见，5G 时代的每一种商品都将配备传感器，所有的商品均可互相传递信息，无人值守、自动创建采购订单的超市将大量进入人们的日常生活，基于 5G 高速传输和区块链的分散化技术的实施，将大大减轻银行和支付公司之间数据交换的压力，支付的效率和可靠性也将进一步提高。

二、二维码支付将退出历史舞台

从 2G 时代到 4G 时代的支付发展过程中，真正改变人们支付习惯的是二维码支付。它似乎在一夜之间就嵌入我们的日常生活，衣食住行、吃喝玩乐样样都少不了它，再加之支付宝、微信两大巨头的对垒，大树下面几乎“寸草不生”。

二维码是一个将商品的价格、商户的账号等信息汇编成记录数据的图形符号。目前，二维码是第三方支付的主要方式。这种方式能够大行其道，主要得益于 4G 网络和智能手机的普及。二维码支付最先在日本、韩国等国家出现并流行，这种支付技术比较成熟，方便快捷，而且成本也较低，加之中国的人口规模优势，所以在其被引入中国后，很快受到大众的青睐，一时间全国各地，甚至最偏远的角落都能看到二维码。

然而，二维码在为人们带来方便快捷的同时，也存在安全方面的隐患。这是因为，二维码可以作为支付码，也可以作为信息传播载体在移动互联网上快速广泛传播，为使用者带来巨大的应用安全风险和信息安全风险。比如，因为二维码承载内容具有不直接可见的特征，容易被不法分子盯上，成为病毒木马、钓鱼网站的传播新渠道。

如今，二维码支付已经十分普及，但是移动支付领域最大的难题仍然是安全和信任问题。盗卡、乱扣费、支付欺诈、非法融资、卷款跑路等乱象严重影响了用户使用移动支付的信心。不过，随着 5G 时代的到来，支付企业可以将 5G 技术与云计算、大数据、人工智能、VR 等结合，提前识别和预防可能的交易风险，避免用户资金流失。可以预见，5G 应用之后，新的更加安全的支付方式将出现，而存在安全隐患的二维码支付将退出历史舞台。

三、刷脸支付将大行其道

2019 年 4 月中旬，支付宝推出了“蜻蜓”第二代刷脸支付终端，在会议现场，1 000 台机器 10 秒内被抢光。据官方数据显示，仅两天订单就超过 10 000 台，几天后，“蜻蜓”二代的库存就已售罄，这是支付方式变革显示出的巨大威力。就刷脸技术而言，我国目前处于应用的前沿，底层技术也在加速发展，人脸识别技术可以极大地提高生产效率、降低成本，还可以带来新的互动体验。

随着 5G 与人工智能的深度融合，刷脸支付在 2019 年得到快速发展。据统计，未来的人脸识别市场规模将保持 20% 左右的增长速度。在 5G 时代，由于网络传输效率的大幅提高，高清摄像机将得到广泛应用，在任何场景中，多维摄像头都会采集消费者的面部特征和行为特征，通过人工智能上传到云端，对数据进行过滤和分类，然后存储数据。由于高清图像占用了很大的空间，服务器基本上只保留关键片段。对刷脸支付来说，相机根本不需要对准脸部，它可以进行远距离识别。基于快速发展的移动通信技术，5G 时代，刷脸支付将大行其道。

那么，刷脸支付与扫码支付相比，有哪些优势呢？

第一，支付更加方便。传统的扫码支付需要取出手机，打开应用程序，点击扫码页面，确认支付；刷脸支付只需成功识别用户面部即可完成支付。

第二，场景数量急剧增加。除了传统的线下商店外，电子商务网站也可以用刷脸替代二维码，可以采用刷脸支付的场景将急剧增加。例如，刷脸支付交通罚款、公交无卡刷脸乘车等。

第三，大幅降低交易成本。刷脸支付只需安装一部摄像头，POS 机、收银机甚至人工服务等均可被取代，为支付企业和用户节约大量成本。

第四，更加安全可靠。4G 时代，曾出现不少二维码被盗刷的情况，5G 时代，由于加入面部识别等更多生物验证方式，支付的安全性将大大提高。

四、第三方支付将迎来颠覆性重构

近年来，移动支付、中国高铁、共享自行车和网上购物被称为中国“新四大发明”。5G 的网速比 4G 快 100 倍，5G 意味着更高速、更广泛的连接，这意味着人类将逐步进入万物互联的时代，这将为移动支付带来更多的想象空间。4G 时代，已经有了物联网的概念，但并未真正发展起来，原因就在于网络传输速率、设备容量、安全性等几个关键方面均未达到要求。而 5G 时代，物联网将真正迎来爆发式发展，并渗透到第三方支付领域。举一个例子，未来，电线杆、水管乃至家里的马桶都会装上感应器，成为智能交互终端。你回到家，走到家门口，打开门的一瞬间，家里所有的电器设备开始正式自动工作。你洗脸时，面前的镜子将对你的面部进行扫描，然后把数据上传到云端，健康管理系统会立即分析有无健康问题。如果有健康问题，会为你提供健康报告。如果需要购买药品，与你银行账户相连的手机支付系统会发出扣费提示，经你确认后，即可完成支付。

物联网要求物与物、物与人、人与人彻底互联，在 5G 时代，随着物与人的联系更为紧密，不再受时间和空间的限制，网络支付将更加优化，支付场景将更加智能化，对消费者的保护将更加全面可靠，目前以支付宝为代表的第三方支付的格局将迎来颠覆性重构。

重塑传统金融业的日常业务

回顾 3G、4G 时代，移动通信技术的发展已经对金融业产生重要影响，作为一项重要的基础设施，一直在为金融业的发展提供技术支撑。甚至可以说，每一次通信技术的迭代都具有重要意义，为人类社会的发展和各项事业都带来了巨大变化，也成了社会进步和人民生活水平不断提高“加速器”。

具体来说，在 3G 时代，智能手机开始逐步普及，移动金融服务开始起步。到了 4G 时代，由于通信领域的基础建设大面积铺开，人工智能、云计算、大数据等技术得到了快速推广和应用。同时，移动互联网的发展为互联网金融的崛起带来强劲动力，而移动支付、手机银行等金融服务的实现，让人们认识到了科技的魅力。随着 5G 技术的大规模商用，让人们对 5G 金融产生了新的更多的期待。

对传统金融业而言，5G 将会重塑日常业务，包括信贷、支付结算、风险控制等方面，从当前实际情况看，5G 对金融业的重塑，将从如下方面产生巨大的威力。

一、极大地提升金融服务体验

在 5G 时代，网络时延将减少到毫秒。随着边缘计算的应用，现有金融服务流程中的等待感将不复存在，金融服务的速度和质量将超出用户的想象，用户的体验感将大大提高。过去那种“您的交易正在进行中，请稍候”的提示将消失，例如，在日常金融生活中，汇款、购买理财产品、购买基金、股票交易等，将不会出现因网络较慢而无法交易的情况，这有助于用户把握最好的交易机会，减少损失，扩大收益。

此外，5G 还可以通过智能手机和可穿戴设备，极大地促进移动支付、手机银行等金融业务的发展，5G 金融时代，信息传输极快，为实时交易提供毫秒级保障，全息投影和虚拟现实等技术将逐步使网上银行等成为未来金融服务的主流方式，进而全面实现基于互联技术的多模式虚拟现实和无现金支付。

首先，5G 金融将解决远程认证难题。如今，为了双方的金融服务安全，银行和其他金融机构仍需要客户亲自去现场办理部分业务。比如开户，依然需要企业或个人到金融机构营业场地亲自办理，以核验相关资质证明，按手印，确保是本人无误。而在 5G 金融实地，未来银行等金融机构可以利用虚拟现实或全息技术，通过立体影像向偏远地区的客户提供金融服务，用人脸识别等技术实现远程开户验证，按手印等环节可以去掉，或以其他更加便捷的方式代替，实现开户的全面线上化。同时，5G 使实时金融服务成为可能，5G 可以在很大程度上缩短空间距离，例如随着高清视频和 VR/AR 技术及应用的快速发展，用户可以通过视频对话解决信任不够的问题。这不仅会极大提升客户金融服务的体验感和获得感，还将提升金融服务的普惠性和包容性。

其次，传统金融业数据采集和财富管理格局将被重塑。5G 金融可以从每个客户那里搜集到真实而全面的数据，这有助于银行和其他传统金融机构在保护客户账户安全第一的同时，提供更多专业化服务和建议。例如，手机上某家金融机构的智能化私人财务助理可以在用户想去电影院时，根据用户之前的观影偏好向其推荐最新的影片，同时提醒用户是否已达到每周娱乐预算的限制，如果达到，助理会提供建议，以帮助用户达到省钱的目的。因此，高速度、低时延的 5G，可以让金融机构为客户提供更及时、更准确的服务，以及科学合理的专业建议。

最后，可穿戴设备将渗透到传统金融领域。5G 金融时代，可穿戴设备将成为移动支付的一个重要渠道。当前，因为价格昂贵、电池续航时间短、不能独立使用或功能不全等原因，可穿戴设备还未大面积普及，更多地还依赖于指纹的使用，用户将新扫描的指纹与输入的指纹进行成功比对之后，才可以使用部分新功能。5G 金融背景下，生物特征的使用将变得更加复杂和精细，从指纹识别到人脸识别，再到更高级的血管纹理识别、人体气味识别、DNA（脱氧核糖核酸）识别等，这些新技术的大规模应用和渗透，不但会让传统金融行业提供的产品和服务成倍扩大，还会让未来的金融服务进入无感时代，安全性也更高。比如，一位老人想出去运动，但不清楚自己的身体状况是否适合运动、运动强度多大最适宜。届时，他穿的鞋子具有计算心跳、脉搏报数、医生建议、自动扣费等综合功能，那么一切就变得很简单。老人可根据鞋子这个智能终端，对自己的身体状况有清晰认识，从而决定采取什么样的运动方式，以及运动多久更合适。

二、智慧城市将真正实现

当进入4G时代，智慧城市的概念开始出现，国内诸多城市提出要建设智慧城市。所谓智慧城市，是指利用各种信息技术或创新概念，将城市的系统和服务打通、集成，以提升资源运用的效率，优化城市管理和服务，改善市民生活质量。智慧城市体现出“智慧”主要是把新一代信息技术充分运用在城市各行各业及管理中，实现信息化、工业化与城镇化深度融合。显然，智慧城市有助于缓解“大城市病”，提高城镇化质量，实现精细化和动态管理，并提升城市管理成效和改善市民生活质量。事实上，因为技术的发展尚未达到要求，加上制度设计、城市化程度较低等原因，智慧城市目前依然处于初级阶段，并未真正实现。

5G将带来更快的响应速度和更广泛的设备连接，完全满足智慧城市的需求。未来，当5G金融也深度融入智慧城市，将全面实现金融服务和公共服务的数字化、便捷化、智能化。比如，银行等金融机构的账户将与居民的水、电、煤气等终端联网，煤气公司的工作人员不必定时去每家每户上门抄表，而是煤气公司和居户通过万物互联功能，实现掌握用气信息和自动缴费；而无人驾驶汽车的数据将实时传输到汽车制造厂和保险公司，及时发现和掌握汽车的车况，汽车制造厂和保险公司可以根据这些数据，修正、设计和提供新的产品及服务，把缺陷和风险提前解决。

普通人的日常生活，包括吃喝玩乐，其实每时每刻都与金融活动紧密相连。因此，当最基本的金融需求实现了智能化时，“智慧城市”才会真正实现。

三、无人服务将大面积取代传统网点

5G 时代，金融与 5G 的深度融合将迸发出更多火花，无人服务等方式将大量出现，大面积取代依靠“人海战术”进行竞争的物理网点。比如，无人银行可以以 5G 为基础，将人工智能、生物识别、物联网、全息投影、虚拟现实、大数据等新技术应用于客户识别、互动体验、展示销售、业务管理等全程服务，建立远程支持平台，提供远程服务。这种银行不再需要有人值守，或需要的工作人员极少，可轻松实现业务管理、远程指导、远程审计的“无人化”和“自助化”。

例如，一旦客户进入无人银行网点，门口的摄像头就可以通过人脸识别技术识别客户的基本信息和财务信息，然后智能机器人就立即提供引导服务，就算是对最新科技不熟练的老年客户，机器人也可以一步一步引导办理，而不必排队等候。

四、传统征信行业将发生巨变

商鞅变法中，“徙木立信”的故事告诉我们信用的重要性。在传统金融业务中，个人信用报告已经成为金融机构判断客户信用的重要标准。不过，目前的传统征信依然存在不少问题，比如数据不全面、不及时，而且获取成本比较高。更为重要的是，金融机构看到的传统征信报告，一般是客户“过去”几个月甚至更长时间的表现，而非实时信息。换句话说，金融机构据此评估，显然存在信息不对称的风险。比如，目前人民银行出具的征信报告以月为单位，如果某人一个月征信没有任何问题，而几天前却产生了严重的征信问题，但金融机构并未掌握这一信息，向其放贷，可能存在较大的风险。

随着5G的发展，金融机构可以通过万物互联的技术特征，及时掌握个人的信用情况，然后通过大数据对其历史征信以及财务情况进行分析，从而得出是否可以放贷或放贷额度多少。根据低时延等新技术得出的信用报告，将避免一些人利用信息有较长时延的漏洞，向金融机构骗取贷款的非法行为，凸显信用的经济价值，提升全社会重信用、讲诚信的良好风气。

五、防控金融风险的新模式将涌现

在万物互联的 5G 时代，各种传感器将随处可见，金融机构可以根据自身需要，在商场、便利店、车站等公共场所，甚至在企业和个人客户的家里设置传感器，以随时采集生产经营信息，通过对实时、海量和多种形态的客户数据的分析，金融机构可以识别客户的风险，进行更有效的风险监控，这将使金融机构防控风险的能力实现质的飞跃。在此基础上，银行、证券、保险、租赁、投资等传统金融机构原有的诸多业务痛点将得到解决，有关金融风险的新的识别技术和防控模式将不断涌现。

六、保险行业将变得更为“智慧”

3G 和 4G 时代，智能手机迅速普及，移动通信技术将人类带入“移动互联网时代”，但由于带宽和时延的限制，只实现了一些初级的人工智能应用。在 5G 时代，人类社会将进入真正万物互联互通的智能时代。智能家电、智慧交通、智能制造将成为现实，智能金融也将应运而生。

保险作为金融业的一个重要分支，5G 对其影响也是巨大的。物联网的大规模应用和智能终端的普及时期，正在加速到来，在此基础上，保险业可以基于海量数据设立产品精算模型，更准确地定价，为客户设计出更适合的产品。同时，原有传统保险公司的销售和经营模式也将变化。5G 时代，通过人脸识别、VR/AR 等技术手段，保险公司的风险识别和交易等服务将变得更为智慧。例如，一位足球运动员为了防止鼻子在冲撞中受伤，希望专门购买一项身体器官保险，保险公司获取客户需求后，立即通过远程技术，对客户的鼻子外观、以往病历、风险系数等进行分析，然后设计出相应的产品。如果客户投保的鼻子不幸受伤，保险公司的定损员也无须到现场，客户只需上传受伤部位的视频及照片，保险公司先行垫付医疗费用，等客户治疗好后，再结算尾款。真正实现从产品设计、出险、定损到赔付的个性化、无人化和智能化。

总之，5G 将会对传统金融的日常进行深度改造，甚至彻底重塑传统金融行业，而且，重塑的速度和范围可能超出我们的预期。

颠覆金融行业的发展意识

进入 21 世纪之后，人类社会的科技发展大大加速，得益于科技的高速发展，各行各业都呈现出欣欣向荣的发展势头，金融业自然也不例外。每一次科技变革和快速迭代，都推动着金融业向前发展，也给民众带来了极大的便利和实惠。回顾历史，金融业的形态从初期以物易物的原始形态到贵金属、纸币，支付方式从电汇到移动支付，金融产品从单一的存贷款逐步演变到投资理财、保险、信托、股票等，服务方式从市集、线下门店到手机

App 等，金融业在服务范围、服务深度、服务广度、服务质量等方面不断取得跨越式突破，老百姓的获得感也越来越强。

与 1G 到 4G 时代不同，5G 对金融业未来的发展将是颠覆性的，包括业务发展、市场拓展、经营理念、经营形式和商业模式等方面，将会被颠覆和获得再造。尤其是金融行业的发展意识上，将出现如下几个颠覆性变化。

一、对金融业经营扩张意识的颠覆

新中国成立之后，我国金融机构从少到多，机构类型从简单化到多样化，金融服务从单一到复杂，金融产品从简单到丰富，金融业的发展可以说是经历了不平凡的一条发展之路，最终走到今天。

众所周知，从 1948 年 12 月 1 日中国人民银行成立，到 1978 年改革开放之前，我国银行机构相当简单，人民银行基本统管一家，之后出现农村信用合作社、中国建设银行，至后来的中国农业银行，几经周折，分分合合，银行机构的发展始终围绕着简单的存贷款业务、财政拨款业务打转，金融业发展速度缓慢，经营管理也始终没有摆脱人民银行的架构。1979 年，我国改革开放之后，金融业开始迎来了发展的春天，先是农业银行从人民银行分离出来，成为专司农业信贷服务的专业银行。1984 年，工商银行从人民银行分离出来，成为专事城市工商信贷业务的专业银行。之后，中国建设银行、中国银行、交通银行等先后设立，中国人民保险公司、证券公司也相继从人民银行脱钩分家。20 世纪 90 年代初，全国性股份制商业银行、地方股份制商业银行如民生银行、光大银行、上海浦发银行、福建兴业银行、招商银行等陆续问世，我国的各类金融机构如雨后春笋般涌现。

20 世纪 90 年代，金融机构进入了一个大扩张、大繁荣的周期，但都有着比较严格的专业分工，实行的是分类经营。为便于监管，《中华人民共和国人民银行法》《中华人民共和国商业银行法》《中华人民共和国保险法》《中华人民共和国证券法》等相继面世，奠定了金融监管的基本雏形。尤其到了 21 世纪初，随着《中华人民共和国银行业监督管理法》问世，中国金融监管已形成了比较完备的监管框架。

到了 21 世纪的头十年，中国工商银行、中国农业银行、中国银行、中国建设银行这四大国有商业银行相继上市，加上近年来陆续上市的全国性股份银行、城市商业银行和农村商业银行，以及陆续获批设立的民营银行，中国金融业的体系日趋完备，混业经营的趋势日益明显。而且金融企业纷纷建立现代企业管理制度，成为实行自主经营、自担风险、自负盈亏、自我约束和自我发展的现代金融企业，各类行政干预大大减少。

值得注意的是，不管是科技信息落后的时代，还是科技信息已经高度发达的 4G 时代，金融业的发展基本都是围绕线下的机构网点扩张、传统的金融产品和服务模式等来进行的，线上的金融业务拓展还处于初步探索阶段。而金融监管也都是围绕机构网点、金融高管、资金流向是否违规等方面来进行展开的，对于线上的新兴金融业态的监管仍处于相对滞后的状态。

因为受到思维观念、经济发展水平和科技水平等多种因素的影响，4G 及此前的金融业，无论监管还是经营，主要注重数量和规模，而非质量。随着 5G 时代来临，无论是社会经济发展还是金融业自身，都需要将行业发展推向更高水平、更高质量、更高阶段。面对新形势，我们必须重新思考金融业的发展理念，树立新的金融扩张意识，使一切金融服务行为都要能跟上 5G 时代的技术特点和发展速度，适应社会大众的金融需求，适应高科技信息条件下金融业的自我发展需要。未来，银行的业务扩张及自身发展将从有形向无形转化，金融机构的智能化程度将大大提高，真正的“智慧银行”“智能保险公司”“24 小时证券公司”等将逐步流行起来。

二、对金融业发展意识的颠覆

长期以来，我国传统金融业的经营发展理念是，通过扩张网点数量、扩大资产负债来壮大自身经营实力，并基于这种较为简单的经营理念，围绕金融业经营风险实施一系列制度，使金融机构在扩张中避免出现破产倒闭现象，最终实现经营利润的最大化。然而，由于这种经营理念缺乏足够的科学性和经营信息对称性，金融业在发展过程中难免会受到来自方方面面的阻力或干扰，比如政府部门的行政干预、监管部门的政策制约等，使金融业的经营理念在很多地方难以得到完全、充分的贯彻和实施，所以我国的金融机构给人一种大而不强的印象。即便有了很多以股份制面貌出现甚至是已经登陆资本市场的商业银行，我国现代金融企业的“灵魂”还有所欠缺，很多只是具有现代金融企业的“躯壳”。比如，近几年从农村信用社改制而来的农村商业银行，虽然表面上称为股份制银行，实际上离真正的现代金融企业还十分遥远，形具神不具，依然没有摆脱过去金融管理体制留下的种种弊端。尤其是，还会因为管理体制的严重制约，形成不少新的金融发展障碍，这对未来农商行发展带来很多的“麻烦”，如贷款“农转非”，管理上的“大锅饭”，行政管理上的官办色彩。让人忧心的是，有些问题在改制几年后就已显现出来，有些问题可能还需要一段时间才能暴露。

由此，当前我国金融业的经营理念到了非改变不可的时候了。过去由于受到科技发展的局限性，经营理念转变起来有一定的难度，也形成了制度的惰性，而 5G 时代到来后，金融业的经营理念如果因循守旧，就跟不上时代的发展，就有被市场淘汰的危险，5G 是催促金融业转变经营理念的最大动能之一。

在 5G 浪潮的席卷之下，金融业经营理念可能会出现五个方面的巨变。

一是金融机构从过去以追求利润为目标向为社会提供高质量

的金融服务的方向转变，将保证服务质量、获得客户满意、把客户当成真正的上帝作为最大的服务追求。

二是金融机构将意识到，过去那种以扩张物理网点为主的经营策略已不再是提升竞争力的利器，反而会自缚手脚，未来会把智能化的网上服务当作经营的生命线。

三是金融机构将改变“人海战术”，更多依赖科技手段，向追求高素质人才的方向转变，谁能够提供给优秀科技人才最好的展示平台，谁就能吸引和留住具有综合素质的优秀金融人才，谁就可能成为最大的赢家。

四是金融机构特别是中小型机构、区域性机构的服务范围向全国甚至全球延伸，开放思维占据主流，并成为金融业重要的企业文化，金融业管理人员及员工的发展目标，将更加专业化和全球化。

五是金融机构区别对待客户的做法将失效，会从围绕大企业、高资产增值人士提供高效服务向为普通民众提供有效服务转变，用“博爱”的胸怀为所有客户提供平等、公正的金融服务。银行等不再是只顾赚钱的金融企业，有可能把惠民、互利等内容写进金融服务条约，让金融业成为全社会、企业单位、个人的“润滑剂”，成为缩小社会收入差距、抚平贫富悬殊鸿沟的良好渠道。总之，金融机构会利用 5G 的泛在网功能，将金融服务信息辐射到每个角落，让数字金融打破“黑河—腾冲分割线”。该线又称“胡焕庸线”，是我国著名地理学家胡焕庸在 1935 年提出的划分我国人口密度的对比线。该线从中国东北边境的黑龙江省黑河市一直延伸到中国西南边境的云南省腾冲县，大致划分出了中国人口在区域上的分布，体现了中国人口和经济发展水平在东南和西北区域的悬殊差异。如今，借助资金网络、商业信息网络、物流网络的普及，东西部地区能共享经济发展机遇，促使经济发展机会更均等化，从而缩小了东西部经济发展差距，让经济落后和金融覆盖的薄弱地区通过 5G 得到更大发展。

三、对金融业违规违法意识的颠覆

一直以来，金融机构与金融监管部门之间是一种被监管与监管的关系，两者之间存在着巨大的利益博弈。为了自身利益，金融机构打“擦边球”甚至是违规违法经营的现象一直存在，而监管部门为了引导金融机构的经营行为沿着合规合法的方向前进，“猫与老鼠”的游戏时刻上演着。可以说，金融业的发展史实际上也是一部金融机构与金融监管部门之间的利益博弈史。

之所以出现这种现象，主要是因为通过违规违法经营和打“擦边球”能获得比较高的收益，而循规蹈矩需要支出更多的成本，在市场竞争中后者反而会处于劣势。而作为企业，金融机构追求高额利润的冲动是永恒的，于是一些金融机构就会利用监管信息不及时、不透明等缺陷，千方百计地规避金融监管来达到以最小的经营成本获取最大经营利润的目标，所以一些金融机构和个人不是把精力用在服务模式、服务产品等方面的创新上，而是用在投机取巧上。比如，此前的一些互联网 P2P 平台就利用时间监管滞后的漏洞，公然违规违法经营，整个行业一度快速野蛮无序生长，虽然它们获得了一定的发展，尝到了甜头，但却埋下了巨大的风险隐患，最后在监管部门的强力清理整顿之下，行业生态才逐步走向健康轨道。

事实上，近年来还有一个不良现象较为严重，那就是资金空转和套利。金融机构并没有按要求将资金投向国家产业经济最需要的领域，使大量资金要么流向空转套利的虚拟领域，要么流向国家政策限制和禁止的产业领域，要么流向了房地产领域，吹大了房地产的泡沫，金融业资金脱实向虚的现象极为严重。为了整治这些金融乱象，监管部门被迫连续出台力度较大的政策。2017 年以来，监管机构掀起了金融监管风暴，如“三三四十”专项治理行动：“三违反”即违反金融法律、违反监管规则、违反内部规章；“三套利”即监管套利、空转套利、关联套利；“四不当”即不当创新、不当交易、不当激励、不当收费；“十个方面”即股权和对外投资方面、机构及高管方面、规章制度方面、业务方面、产品方面、人员行为方面、行业廉洁风险方面、监管履职方面、内外勾结违法方面、涉及非法金融活动方面。据第一财经网 2018 年 1 月 9 日报道，2017 年以来，银监会以整治银行业市场乱象为主要抓手开展的“三三四十”检查共发现问题约 6 万个，涉及金额 17.65 万亿元，取得阶段性成效。2017 年，全系统共做出行政处罚决定 3 452 件，其中处罚机构 1 877 家，罚没 29.32 亿元；处罚责任人员 1 547 名，其中罚款合计 3 759.4 万元，对 270 名相关责任人实施一定期限甚至终身银行业禁业和取消高管任职资格。虽然取得了令人欣喜的监管成效，但监管部门却消耗了大量的监管资源，而且难以从根源上将金融市场乱象彻底消除。

以上金融乱象，除了金融机构在经营上存在监管侥幸心理外，也与监管部门监管手段不够先进有关，客观上留下了监管死角或漏洞，使金融机构有漏洞可钻。而在 5G 时代，低时延、万物互联和泛在网等功能和技术特点，可以让监管机构在获取监管信息方面超过以往任何历史时期，基本能实现与金融机构的经营管理动态的同步，监管盲区和监管信息的滞后性问题将大大减少，金融监管能力大大提升，金融机构违法违规的侥幸行为失去生存的土壤。

同时，5G 时代的个人，有可能成为金融业监管的“监督者”，金融业暗箱违规违法操作的空间将被大大压缩，甚至可以说基本被消灭，这样会迫使金融机构“洁身自好”，增强自身的大局意识、政治意识和风险意识，从内部整治和完善相关制度，以达到监管需求，免遭监管部门的处罚。

四、对金融业信用意识的颠覆

过去及当前，金融业尤其是银行机构在对企业、居民进行信用评估时，主要基于一种社会共同形成的基本信用基础数据和画像来决定，比如贷款有无到期不还的现象、信用卡消费有无逾期不还现象、企业过去的信贷历史记录、居民的还款实力等，都是信用评估的基础因素。可以说，这种信用评价是一种比较模糊的方式，只是一个简单的信用评价，精准性不够。这是因为，金融机构对客户信息的抓取能力、获取范围等均受到制约，无法做到全面、客观和准确，容易使金融机构对客户的信用评估出现偏差甚至是遗漏关键信息，最后导致金融决策信息失灵，埋下隐患。

而在 5G 时代，金融机构在信用数据采集、信用等级画像、信用评估等方面都将获得突飞猛进的改变，信息获取的手段比以前更灵活，信用使用的范围也将更宽。5G 的万物互联等功能，可对一个企业或一个人的各方面的信息进行准确抓取，提高信息获得的针对性、有效性和及时性，对采集到的数据进行系统分析后，一个企业或一个人的信用画像会更加具体化、清晰化。届时，企业或个人信用的用途将不仅局限在贷款方面，还可以在进行商务交往甚至谈恋爱时产生作用，用途将得到很大的扩展，传统信用将迎来革命性颠覆。

五、对金融业风险意识的颠覆

无论是过去还是现在，由于受到科技发展的水平、监管制度、经营理念等诸多因素影响，金融业对经营风险的认识和判断显得固化和呆板，这种风险防控观念导致金融机构在很多业务拓展上不敢大胆尝试，对金融业服务模式和金融服务产品的创新也故步自封，这也是余额宝等“宝宝类”产品是由支付宝研发，而不是由传统金融机构推出的原因。固有的思维模式，对金融机构自身的伤害其实是巨大的。比如，银行在消费信贷方面，把社会低收入人群排除在外，并对这部分人群采取区别对待的做法，导致他们正当合理的金融需求无法在正规金融机构那里得到满足，不得已转向互联网金融组织，其中一部分陷入“校园贷”“套路贷”“现金贷”等陷阱，使本身经济就不宽裕的弱势群体雪上加霜，加剧社会两极分化，诱发越来越多的社会矛盾。

对于出现这些现象，金融业是有责任的，当然也不能把全部责任都推给金融机构，毕竟金融机构是企业，发放的贷款是要收回本息的。导致这种结果有两大因素：一是金融监管部门在金融扶贫与普惠金融方面，确实存在制度设计不到位的问题，把过多的普惠金融职能赋予金融机构，但金融机构受到许多因素制约，显得心有余而力不足；二是金融机构对科技信息的掌握和运用还远远不够，对弱势群体的认识存在误区和不全面的情况。

5G 时代，无论是监管者还是金融机构，此前那种信息获取不全面、不精准、不及时的情况会彻底改变，所以对风险的认识会出现新变化。比如，一个人上周已将之前的借款全部还完，但因为信息的滞后，目前的征信系统显示他还有欠债，如果他此时有新的贷款需求，可能银行觉得有风险，因而拒绝向他放贷。

此外，随着 5G 的大规模商用，之前被金融机构视为风险的，未来可能不再是风险；之前金融机构不敢涉足或被监管部门禁止涉足的风险业务，未来可能也会被放开……很显然，随着科技的迅猛发展，金融业的风险意识将出现让人意想不到的变化。

六、对金融业监管意识的颠覆

过去几十年来，我国金融监管体制几经变迁，监管制度也在不断丰富与充实，但更多的监管制度仍未摆脱传统思维的窠臼，被深深打上了行政的烙印，大部分制度都是围绕传统线下金融业务设计的，没有跟上时代发展的步伐，存在不少监管漏洞，以至于各种金融市场乱象屡禁不止，埋下了金融风险隐患。

近年来，得益于科技发展和监管思维变化，金融业的监管水平有了较大提高，尤其在新型金融业态监管方面，制度设计日趋完善，但受制于 4G 时代的技术局限性，使金融监管部门在监管信息获取的手段、监管信息的处置能力、监管信息的完整性等方面存在明显不足。而随着 5G 时代来临，低时延、泛在网等 5G 功能，可以让金融监管部门获取金融监管信息实现实时化和无障碍化，监管效能将得到极大提升，可减少金融监管盲区。

与此同时，金融监管部门的监管理念也会随之发生根本性转变，由于移动通信技术高度发达，加上大数据、VR 等技术日趋成熟，金融监管会变得越来越简单，传统金融业务的监管需要的资源将会越来越少，至少可以大大弱化，线下金融监管有可能最终消失。金融监管部门更多的资源将转到线上，并且政府在金融监管方面投入的力量也可以减少，可以将一些日常金融监管事项交给第三方社会监管机构和个人，实现金融监管的社会化和组织化。

七、对金融业人才意识的颠覆

长期以来，金融业引进人才主要集中在金融专业等较为单一的专业领域，比如金融学、统计学、会计学等，衡量用人的标准也主要以专业标准来进行，未来，金融机构对科技人才会越来越重视。

尤其是5G时代的到来，会对金融业的人才储备、人才战略、用人标准等带来深刻的影响，因为金融业在发展深度、发展广度、发展方式、发展方向等方面会出现新变化，对金融业的人才自然提出了更高的要求，使得使用人才和衡量人才的标准也将由过去的单一专业为主，向专业综合方向转化，人才的分工会更加细致，科技型人才的需求会越来越多。比如，由于万物互联，物与物、物与人、人与人的交互信息将是海量的，这就需要专业人员来处理和分析，所以可能会出现数据采集师、数据建模师、数据处理师等新型人才。

同时，人才考核与业绩标准评判也将发生根本性变化，并带来多个行业的联动。比如，金融机构需要数据采集师、数据建模师、数据处理师等新型人才，相关的大学或社会培训机构，也必须根据市场需要，调整或增设相关专业，去掉一些已经不适应社会发展需要的专业。

八、对金融业发展道路的颠覆

几十年来，我国金融业实行的是分业经营，银行、保险、证券等领域实行专业金融牌照管理，不同的细分行业之间具有明确的“楚河汉界”。虽然近年来这种界限越来越模糊，监管机构的监管态度也有所松动，一些大型金融企业获得由多家监管部门发放的经营牌照，混业经营的趋势初现端倪，但目前金融监管机制、监管力量、监管手段等方面仍显滞后，不仅制约了金融业的发展步伐，也出现了一些监管的盲区。

5G 的出现，除了加快社会经济发展，也给金融业带来新的思考。未来，金融业到底走向何方、什么样的金融发展道路更适合国情、什么样的监管路径更有效等一系列问题，值得全社会共同探讨和摸索。

可以预见的是，不久的将来，金融业混业经营将会得以真正实现，金融和其他行业的界限会逐步模糊，此前部分被禁止的业务领域将会放开，新的金融产品和服务将诞生。基于此，目前的金融行业经营规则、行业监管制度、风险防范边界等都需要重新修正，整个金融业的发展道路将被改写！

第三章

主要经济体 5G 金融发展对比

发达经济体5G金融研发推广情况

研究对比欧美日等发达经济体5G金融的开发利用现状，以及我国5G金融的发展现状，可以说，目前我国5G金融的研发推广是领先于欧美日的。因为我国有较多的世界级互联网企业，在全球有很大的影响力，第三方支付也十分发达和活跃，这为5G在金融业的全面推广和运用奠定了坚实的基础，也为5G深度融入金融业铺平了道路。

不过，我们应看到，无论是5G还是5G金融的发展，都会面临一些困难和挑战，因为这个世界还是弱肉强食的世界，只有拳头硬才能掌握主动权和话语权。

美国总统特朗普曾高呼："在未来强大的5G产业中，我们不允许任何国家超越美国……"为了赢得这场激烈的竞争，美国政府推出了一系列投资计划，向无线产业投资2 750亿美元，建设5G网络，并迅速创造300万个就业岗位，以增加经济效益。韩国也不愿落后，2019年4月，韩国在全球推出5G业务服务，5G用户已超过100万。此外，韩国还希望进一步掌握5G技术标准。2019 年 7 月，在巴西举行的第 32 届国际电信联盟 WP5D（5D 工作组）会议上，韩国代表提交了一份申请，要求将韩国 5G 业务中使用的无线互联技术和宽带技术作为 5G 标准参与进来。

2019 年，5G 成为全球热门话题，频频登上全球新闻要闻榜。为了抑制中国 5G 的发展，以美国为首的一些大国不惜撕掉伪装，公然动用国家力量进行打压，很多手段不是技术和经济手段，而是赤裸裸的政治手段，甚至以莫须有的罪名抓捕了中国著名高科技企业华为的高管。如今，可能不少人都会对 5G 金融的发展抱有很大的好奇心。大家不约而同在问：当今世界，哪个国家的 5G 实力最强？中国真的能经受得住美国的打击吗？说到 5G 的实力，是一个全面的体系，而不是两个指标，正如一些网民误解 5G 标准只是华为和高通的标准，这显然不是事实。根据电信专家项立刚的观察，如果想分析 5G 的综合能力哪家最强，应该包括如下几种能力：一是 5G 标准的主导能力，二是 5G 芯片的研发与制造能力，三是 5G 技术系统设备的研发与部署能力，四是 5G 手机的研发与生产能力，五是 5G 业务的开发与运营能力，六是 5G 技术运营商的能力，七是政府支持和市场拓展能力。

CTIA（美国无线通信和互联网协会）联合电信咨询公司 Analysys Mason 对世界各国的 5G 现状进行了研究，这项研究的重点放在以下关键领域：频谱可用性、许可和部署计划，以及旨在简化 5G 基础设施规划流程的建议，包括有利的位置和许可政策。其他市场包括加拿大、中国、法国、德国、日本、俄罗斯、新加坡、韩国、英国等。具体排名如下。中国、韩国、美国、日本、英国、德国、法国、加拿大、俄罗斯、新加坡。

这也就是说，目前来看中国、美国、韩国以及日本是全球5G领域的主要领跑者。这四个国家处于5G领域发展的第一梯队，而欧洲主要国家德国、英国和法国排到了第二梯队，其他主要经济体排在第三梯队。5G之争愈演愈烈，在5G的技术方面，中国已成为公认的第一。从5G基站到5G终端产品，中国已经确立了主导地位。据中国新闻网2019年7月18日报道，华为5G产品线副总裁甘斌介绍说，截至当时，华为已在全球赢得50多个5G合同，拥有15万个基站出货量。

5G才刚刚宣布商用，显然还有很长的路要走，这是我国无法回避的一场竞赛，但作为世界主要经济体之一，基于5G基础之上的5G金融，有着巨大的发展潜力，中国的5G金融技术生态系统在结构上与美国、欧洲的同行不同。在中国之外，最成功的金融技术公司通常是初创企业，并专注于诸如支付、贷款或财富管理等某项业务，当这项核心业务发展到一定程度时，再扩展到别的业务。例如，在美国，PayPal（国际贸易支付工具）集中在在线支付方面，Betterment（机器人投资顾问公司）的主要业务是提供数字财富管理，而Lending Club（借贷俱乐部）则主要从事网上贷款业务。相比之下，在中国，最成功的金融科技巨头一直在构建金融生态系统，而这一生态系统是由消费者参与度高的平台支撑的。比如，基于阿里巴巴电子商务平台的蚂蚁金融，提供了一站式的对消费者的金融技术解决方案，其产品包括支付宝在线支付、余额宝、花呗等。同样，腾讯在现有的社交平台上也提供了广泛的数字金融服务。这些生态系统得到了迅速的创新和扩展，技术巨头可以根据自身的技术优势获取大量的数据来开发和优化产品，例如根据用户的生活方式和习惯为不同的用户群体定制服务，这一做法能够更有效地根据客户的社交媒体信息（如腾讯旗下的微信）或消费者行为（如阿里巴巴的天猫和淘宝电子商务网站）评估风险。

由此可见，随着 5G 的竞争已经趋于白热化，5G 金融的竞争必将愈演愈烈，因为背后牵扯着实实在在的经济利益和国家发展战略，而中国拥有较强的竞争优势。5G 已经开始商用，一场围绕 5G 金融的“革命”浪潮将浩浩荡荡而来，眼看中国后来居上，坐惯了科技发展老大地位的美国，显得心急如焚。因此，先后祭出经济和政治手段打压中国的中兴和华为两大科技企业，也就不足为奇。而从美国联手盟友频频针对中国移动通信公司发难的背后，其阻挠和遏制中国正常发展高科技产业的意图昭然若揭。

那么，目前发达经济体或者说主要经济体的 5G 金融研发推广情况如何呢？

一、中美主导着 5G 标准，更会主导全球 5G 金融走向

5G 标准是一个复杂的系统。5G 标准包括很多方面，从编码、协议到天线等方面。在制定这些方面的标准时，先由一家或几家公司牵头提出建议，制定相关标准细则，然后由全行业代表进行讨论，最后确定相关方面的标准。而许多标准共同构成了整个 5G 标准。用通俗的话来说，5G 标准相当于一个房子，华为、诺基亚、爱立信、三星、LG（乐金）、英特尔、中国移动、中国电信、中国联通、高通……这些公司都为这座房子提供建筑材料，你提供一袋水泥，我提供一袋沙子，他提供一根钢筋，还有提供玻璃、家居用品和电器的……大家一起努力把这座房子盖起来。在完整的 5G 标准大房子下，有必要建立多个房间。哪个国家或企业建筑的项目多，自然在整个 5G 标准大房子的建筑中占据主导地位。谁能参与房子的建筑呢？必须是有资格建筑该项目的大国或大企业，或是有技术积累和 5G 前瞻性要求的企业才有资格参与该项目。

据央视报道，2019 年 9 月 20 日，工信部部长苗圩在国新办发布会上说，中国拥有全球最大的 4G 网络，5G 网络建设全面启动。中国移动通信产业历经“2G 跟随”“3G 突破”，实现了“4G 同步”“5G 引领”的历史性跨越，5G 标准必要专利数量全球第一。

按照电信专家项立刚的观察，全世界 5G 标准立项并且通过

的企业中，中国移动有 10 项、华为有 8 项、爱立信有 6 项、高通有 5 项。按国家统计，中国有 21 项、美国有 9 项、欧洲有 14 项、日本有 4 项、韩国有 2 项，5G 标准基本上被中国、日本及欧美发达国家占有。通过这些数据，很明显可以看出谁是 5G 标准的领导者。当然是中国，其次是美国。5G 作为 5G 金融的发展载体，按照目前的技术储备和经济发展水平、市场规模等多种因素来看，中美两国将会主导全球 5G 金融走向。

二、美韩等国家 5G 芯片实力较强，也会占据 5G 金融重要席位

正如前文说的，5G 金融发展的基础就是万物互联，而万物互联的基础就是 5G 芯片。可以说在 5G 之中，芯片是非常重要的一环，万物互联意味着所有的智能设备都要上网，而上网的关键元件就是 5G 基带芯片。5G 在哪些领域需要芯片？其中，5G 核心网管理系统需要计算芯片、存储芯片，5G 基站等设备需要专用的管理和控制芯片，5G 手机需要计算芯片、基带芯片和存储芯片。当然，未来大量 5G 终端还需要感应芯片，可以说 5G 领域中芯片无处不在，而在芯片尤其是在计算芯片等领域，我国与其他先进国家还有一定差距。

芯片巨头英特尔虽然还没有发布 5G 芯片，但英特尔在 PC 领域和计算领域的芯片一直是冠军。美国高通发布了全球首款

5G 芯片 X50，另外中国台湾联发科、韩国三星、中国紫光展讯都发布了自己的 5G 基带芯片。中国华为在 5G 芯片领域的研发突飞猛进，其巴龙 5000 已经达到国际领先水平。从芯片领域来看，美国、韩国等国家实力较强，会占据 5G 金融的重要席位。

三、中美日的 5G 金融研发能力表现最佳

全球知识产权产业媒体 IPRdaily 联合 incoPat（全球专利数据库）创新指数研究中心的研究表明，中国、美国和日本等国家在金融科技专利申请上走在前列。2018 年该创新指数研究中心的金融科技榜单中，排名前三的企业在金融科技领域的发明专利申请量均超过 1 000 件，其中中国平安申请量 1 205，排名第一。紧跟中国平安的是阿里巴巴、Mastercard（万事达卡）和 IBM（国际商业机器公司）。美国还有谷歌、脸书等公司上榜，日本有东芝等公司上榜。这些公司申请的专利涉及人脸识别、移动支付、人工智能等方面，这些科技也是 5G 金融的基础，代表了 5G 金融的研发能力。

具体来说，人脸识别技术已在许多金融领域得到实践，在这一领域技术实力雄厚的公司主要是索尼、日立和微软；大数据分析和预测技术是 5G 金融技术的重要方面，该领域最强大的公司是美国银行、埃森哲、菲舍尔、万事达卡、维萨等公司；人工智能技术已广泛应用于 5G 和金融领域，包括算法交易、欺诈检测、

金融投资管理、贷款、保险承销等，该领域的强大竞争对手主要是微软、IBM、通用电气等公司。总体来看，中国、美国和日本在 5G 基础技术的研发能力上走在世界前列。

研发能力是各国推广运用 5G 金融的基础，目前主要国家的 5G 金融技术研发和运用处于“跑马圈地”的阶段。中国在 5G 金融科学技术领域的专利申请数量相对于巨大的人口基数来说还是远远不足的，5G 金融技术专利的产能转化还有差距。未来，中国的科技企业或金融机构要抓住 5G 发展的机遇，积极探索人脸识别、大数据分析预测、人工智能等新兴技术的进一步融合，紧跟美国、日本等国家的步伐，扩大专利申请。

四、我国 5G 金融网络部署能力较强

5G 金融要想发展好，电信运营商等通信公司的网络部署能力尤为关键。只有网络部署工作做到位了，相关的产业和业务才能发展起来，这就和过去“要想富，先修路”是一个道理。目前，中国移动、中国电信和中国联通等电信运营商的实力在世界排名靠前。其中，中国移动 2018 年末用户数突破 9.2 亿、在线宽带用户数突破 1.5 亿、物联网连接数突破 5 亿，是世界上最大的电信运营商，用户的数量几乎是整个欧洲人口的总数。中国电信和中国联通也跻身于世界顶级电信运营商之列。可以说世界上任何一个大国基站的建设能力都不能和中国相提并论，中国的基

站数量遍及中国任意一个角落，这意味着网络的覆盖率和良好的网络质量。除了在人口密集的城市进行网络覆盖，中国的电信运营商最强大的表现是，广大的偏远地区同样拥有良好的网络覆盖率，这种能力是其他国家无法比拟的。经常在电影里有这样的画面，欧美许多国家偏远地区的网络不好或者不稳定，电话都不能打，这也能反映出国外网络部署能力不及我国。我国农村地区的网络覆盖缩小了数字鸿沟，不仅使广大的农村地区享受到优质低价的通信服务，也对边远地区的社会经济发展起到了很好的推动作用，有利于缩小不同地区之间的经济发展差距。

除了基础网络部署能力较强之外，我国华为和中兴公司的通信设备产品在价格上也很有竞争力。此外，一个是非常重要的能力是，电信运营商的业务支持能力。客观来说，任何优秀的公司生产的产品，都不可能完全没有问题，优秀公司与一般公司的差别在于，前者的合格率远高于后者，而次品率或不合格率远低于后者。因此，通信网络也一样，多多少少都可能存在问题。对用户来说，产品或服务出现问题后，运营商能否及时做出反应、及时解决问题，是极为关键的。还有，出现问题后，谁的服务质量最好、价格最低，也是客户选择运营商的关键因素。还是以华为和高通比较，华为在对接、测试、部署、服务等方面，有驻场工程师随时可以参与电信运营商和金融机构在 5G 金融推广中的各个环节，形成完整的技术闭环。而高通，只是作为技术闭环的一小部分。面对这种情况，客户做何选择，相信不难判断。

众所周知，其实所谓的网络安全问题根本不存在，但一些西方国家依然把华为和中兴拒之门外，背后的真实想法路人皆知。必须要指出的是，将技术最强的华为排除在外，这些国家的 5G 进程将大大减缓，最终受到损失的，还是那些盲目跟随美国的所谓盟友。

与美国等动用国家力量打压竞争对手的做法截然不同，2019 年 9 月中旬，华为创始人、CEO（首席执行官）任正非在深圳接受《经济学人》采访时发出惊人之语，称可以把华为的 5G 技术卖给国外企业，而且可以一次性买断。华为的 5G 技术目前在全球市场上处于领先地位，按照任正非之前接受媒体采访时的说法，华为的 5G 技术“领先美国两年，领先欧洲三年”。此外，谈及 6G 问题时，任正非表示：“对于 6G 研究，我们也是领先世界的，但是我们判断 6G 十年以后才会开始投入使用。”

为何遭遇美国强力打压的华为愿意卖掉 5G 技术呢？其实很好理解，一是可以有效破除“华为威胁论”，说明华为 5G 技术根本没有所谓网络安全问题；二是华为的 5G 技术本来就已经领先欧美，就算卖掉 5G，自己的 6G 也已经把对方抛在了身后；三是美国大搞单边主义，华为却愿意惠及世界，一个国家的眼光不及一个企业，岂不是让人笑话？总体来说，美国、欧洲、日本和韩国各有各的优势，但综合来看，中国的综合实力更为强大。可以预见，随着 5G 的正式商用，5G 金融会全面爆发，中国有望在新一轮科技竞争中领先世界。从长远来看，5G 金融的发展不仅仅是在金融业，在提高社会效率、提高社会管理能力、降低社会成本、改变人类生活方式等诸多方面它都将发挥巨大作用，对整个人类社会发展的影响远远超过以往任何一个时代，对一个国家的整体实力也将带来较大影响。

中国研发推广 5G 金融的现状

近年来，金融科技的迅速崛起，对提升传统金融服务业的效率和用户体验度发挥了重要作用，金融科技指的是由科学技术带来的金融创新，它可以创造新的商业模式、应用、流程或产品。5G 金融是 5G 及其他科技在金融业的新突破与新升华。5G 移动通信技术、互联网、大数据等是改造和服务金融业的重要手段，其目的是拓展金融服务的深度和广度，改善金融服务的组织形式，提高金融活动的整体效率。

综观全球，5G 金融科技的发展对各个国家都有着极其重要的影响，其发展历程和水平标志着全球金融科技发展的新趋势。与世界其他国家相比，中国的 5G 金融有自身的特点和趋势。在欧美国家，每个细分领域都会有一两个垄断者，集中度很高。而中国则具有两个明显的特点：一方面每个企业的商业模式和技术模式都不一样；另一方面市场很大，许多优秀的参与者进入市场并且都已找到了自己的位置，获得了巨大的发展空间。

我们不妨对中美金融科技发展的相似之处进行分析，这样既能看到中国金融业利用科学技术的潜力，又能看到自身的不足，然后找到有效的解决办法，尽快弥补短板，实现中国金融业的现代化和高质量化，为 5G 金融的大发展打下扎实的基础。在美国，很多银行机构都在 P2P 平台上投资信贷产品，2015 年美国的摩根大通与 OnDeck（小额贷款在线平台）合作正式进军 P2P。在中国，阿里巴巴、腾讯和平安保险集团合作成立中国第一家互联网保险公司众安在线；百度与安联保险、高路资本共同发起成立互联网保险公司百安保险；蚂蚁金服收购国泰保险 60% 股权，帮助阿里巴巴打造在线保险销售平台和进一步完善保险服务，推出了保险产品，构建了健全的保险服务体系。

科技公司与金融机构由于在业务拓展上相互补充，二者融合发展趋势风起云涌。传统金融机构具备金融方面的优势，融资成本较低，控制风险的能力强。但是，金融机构在科技水平和用户受众方面不如大型科技企业。与此同时，科技企业在技术上具有强大的核心优势，在跨区域联动、快速占领市场等方面具有明显的流量优势。因此，金融机构与科技企业的结合扩展了多种应用场景，构建了更加完善的金融科技生态。不过，值得注意的是，虽然金融科技可以大大提高服务效率，但其核心仍然是风险控制，技术进步和创新并不会天然地消除金融风险，尤其是在提供跨境金融服务时，它还有可能使金融风险更具传染性，使传播范围更广、传播速度更快、产生的负面冲击更猛烈，并容易诱发群体性金融事件，对社会稳定产生较大的破坏力。因此，科技与金融的融合，不全是好处，对其可能带来的潜在风险必须高度重视。

当前，中美两国和其他国家在金融科技上有很大的差异，美国金融科技创新的主体是初创企业。2016年9月，国际知名金融数据服务商Visual Capitalist发布的数据显示，全球27家民营金融科技初创企业市值不低于10亿美元，美国14家进入榜单，占比过半。虽然美国金融科技公司规模小，但美国企业的创新能力强，科技企业已经成为美国金融发展的动力源。例如，美国金融科技创业公司Addepar设计了一款云计算软件，该软件具备财务顾问功能，可以通过电脑桌面和移动设备，分析并管理客户的所有资产，包括对冲基金和私募股权。反观中国，金融技术创新的主力军是互联网巨头，比如BATJ（百度、阿里巴巴、腾讯、京东）。在金融科技领域，BATJ具有技术、人才、数据、资金等优势，拥有比金融机构更成熟的互联网市场运营经验，以第三方支付业务为基础，通过跨境联动拓展应用场景，提升服务体验，建立"互联网+金融"闭环。

与此同时，中国的金融科技方面在全球范围的优势极为明显。毕马威的调查数据显示，2018年全球金融科技投资行业发展景气高，行业投资规模显著提升。在投资规模上，2013—2018年，全球金融科技行业投资规模波动上升。2018年，全球金融科技投资金额创下历史纪录，投资金额达1 118亿美元，是2013年的近6倍。在毕马威公布的"2018全球金融科技100强"榜单中，排名前十的公司里中国有4家——蚂蚁金服位居榜首，京东金融位居第二，度小满金融排名第四，陆金所排名第十。50强榜单中有 9 家中国公司入选，体现出中国金融科技行业在全世界的巨大优势。

从业务属性上看，美国金融科技发展的优势在于创新性和多样性，在核心科技方面具有全球领先的竞争优势，如区块链技术中最重要的哈希加密算法是由美国国家安全局开发的，2001 年由美国国家标准与技术研究院发布；云计算是最早由谷歌首席执行官埃里克·施密特在 2006 年 8 月的搜索引擎会议上提出来的。而在中国，金融科技在应用层面具有较强的创新和拓展能力。依托第三方支付的延伸优势，各种新型金融产品和服务易于进行大规模、市场化的应用，部分互联网企业依托网络分流和情景化的优势，不断提升金融服务的包容性和便利性，极大地提高了金融服务的水平。

一、中国研发推广 5G 金融的长处

1. 庞大的市场

影响 5G 金融开发运用的最重要的力量就是市场规模。一项新技术和产品能否得到发展，市场规模很重要，一个足够大的市场是降低成本和使资本愿意投资的重要支撑，如果市场太小，而研发的新产品成本过高，则会降低大规模应用推广的速度和积极性。据此，作为拥有 14 亿人口，并且是第二大经济体的中国，

发展和使用 5G 金融的优势是显而易见的，最主要体现在中国的市场规模足够大。据国家市场监督管理总局统计，截至 2018 年 12 月底，全国实有市场主体达 1.1 亿户，其中民营小微企业占到 90% 以上，接近 1 亿户。中国的庞大市场展现出的活力，可从近年来民营银行的蓬勃发展中窥见一斑。例如，成立时间不足 5 年的网商银行，依靠“310 模式”（即 3 分钟申请，1 分钟到账，期间 0 人接触），在短短三年内服务的小微企业从 170 万家增加到 1 700 万家。

2. 包容性较强的监管制度

在金融科技方面，中国近年来处于世界领先地位，特别是在移动支付和第三方支付方面，可以说，中国是世界上发展最快、人气最高的国家。近几年来，许多高科技互联网公司已经开始涉足金融业务。比如，阿里巴巴旗下的蚂蚁金服就将金融业务开发和运用得相当成功，并在此基础上逐步拓展业务领域，逐步涉及银行、保险、证券等领域。腾讯、百度、京东等也设立了金融板块，并取得了相关牌照。经过十多年的发展，中国金融科技产业已覆盖支付、信贷、投资、保险、信贷等多个领域，特别是移动支付领域，已走在世界前列。目前，中国是全球金融交易中最活跃、最便捷、最具成本效益和效率的国家之一。根据世界银行的评估，2018 年中国金融科技发展指数排名全球第二，仅次于美国。随着 5G 商用牌照的正式颁发，中国信息技术产业的供给能力不断提高，也将为金融科技的发展提供更大的市场空间。

从国外金融监管的经验和实践来看，即使是某些自由市场发达的国家，监管制度也较为严格。以金融向来发达的美国为例，20 世纪 30 年代以来，美国对实体企业和金融企业进行了区别监管，实体企业进入银行业等金融领域的，要经过市场准入，比如零售巨头沃尔玛进入金融领域的步伐就被监管部门所控制；美国通用电气作为美国实体企业涉足金融的代表，只能发短期商务票据获取资金，不能开设银行活期支付账户；脸书等科技巨头试水加密数字货币计划推出 Libra（虚拟加密货币），而遇到美国国会和美联储的层层阻挠。

可以说，相对宽松和包容的监管制度和环境是我国的支付宝、微信等移动支付取得迅猛发展的重要原因。有理由相信，5G 金融时代，中国的监管部门将更加重视利用科技手段，与时俱进，不断提高监管水平。随着监管科技升级后的深入应用，未来监管效率将大大提高，将极大促进金融科技产业的规范化、创新化发展。目前，互联网金融风险已经成为一个各方热议的话题，也是一个亟待解决的问题。由此，如何把握创新的尺度和防范潜在风险，为未来的金融监管提出了新的课题。

3. 注重金融普惠性

中国的金融和科技企业特别重视发展普惠金融，特别是一些传统上没有得到服务的领域。我国的金融科技公司都非常关注这些客户以及这些产品的开发和扩展，这是其他国家从来没有见过的，也从来没有发生过的。以第三方支付为例，传统金融机构对普通老百姓的支付需求服务不到位反而成为我国支付领域快速发展的重要原因。特别是对小企业和个人来说，如果在人民银行征信系统中没有信用记录，就无法从传统的金融机构获批信用卡，偏远地区和文化水平稍低的民众甚至连银行储蓄卡都没有。相对而言，在国外，特别是发达国家，信用卡普及率比较高，对第三方移动支付的需求也就不高。所以说，正是信用信息的缺乏为移动支付创造了巨大的商业机遇，使得移动支付呈现迅猛发展之势。另一个特别的地方是，在今天的中国，大数据、人工智能和机器学习的应用非常广泛。金融机构，无论是银行、证券公司还是保险公司，特别是行业排名靠前的金融机构，都充分认识到科学技术在促进金融科技发展中的重要作用，都日益认识到高科技信息技术对金融业的巨大推动作用。

4. 政府的高度重视

5G 金融是一个庞大的系统工程，不仅是金融机构或者电信运营商等一两个行业的事情，还需要全社会各行业通力合作。如果单纯依靠企业自身的投资，不依靠政府的支持，推进速度会大受影响、在许多领域，法律法规的政策引领作用极为关键，政府的前瞻眼光、政策规划、配套设施等，对于新的技术和行业发展，都将起到重要的推动作用。

令人欣喜的是，中国各级政府对 5G 的发展态度非常明确，从各方面积极支持加快 5G 建设，这种支持有两大作用：一方面可以促进社会经济发展，为中国经济保持平稳高质量增长提供新动能；另一方面可以大幅提高社会效率，降低社会运行成本，推动社会资源配置最优化，让社会变得公平公正。对此，从基础设施研发到网络部署，中国各级政府的态度是非常积极的。众所周知，网络建设是一个大问题，电信运营商入网更是一个复杂的大问题，对此，各级地方政府在 3G 和 4G 建设中发挥了重要作用，许多地方政府纷纷发文支持建设，并首先在政府办公楼上安装基站。这不仅降低了建设成本，还加快了部署速度，在政府的支持下，许多地方社区和机构更方便地部署网络。这种情况大大加快了网络部署的速度，降低了网络覆盖成本，尤其是降低了时间成本。

4G 时代，各级政府的支持在移动通信领域发挥了巨大的作用。近年来运营商大规模提速降费，如今，较低的资费和广泛的覆盖范围，不仅使城市地区，更使农村和偏远地区进入了移动互联网时代。为了抢占技术制高点，中国工信部于 2019 年 6 月 6 日，正式向中国移动、中国联通、中国电信、中国广电发放 5G 商用牌照，成为继韩国、美国、瑞士、英国等国家后，全球首批提供 5G 商用服务的国家，这比原计划的“2020 年正式商用”提前了一年。

中国的 BATJ 等科技巨头在全球排名领先，已经成为影响全球互联网产业发展的重要因素，而且都有自己强大的科技信息支撑网络，这为中国 5G 金融的全面推广与发展，在技术上提供了蓝图或示范力量。同时，中国的移动通信网络已获得了高度发展，早期的网络通信投资为 5G 的发展奠定了坚实的基础。我们有理由相信，中国建立在 5G 基础之上的 5G 金融，将迎来广阔的发展空间。

二、中国研发推广 5G 金融的不足

对于 5G 金融的开发与运用，我国也有很多不足之处不容忽视。比如各地区之间经济发展不平衡，大量技术资源和流量主要集中在几家超大型企业手中。此外，人们对 5G 金融的思想观念还比较模糊，需要政府及行业统一思想认识，建立好协作交流平台，采取一致的行动，共同推动我国的 5G 金融发展。具体来看，中国开发运用 5G 金融的不足，主要体现在如下几个方面。

1. 5G 金融初创企业数量太少

虽然我国出现了华为、阿里巴巴、腾讯这样的全球顶级科技公司，但是，一个产业要发展壮大还是要依靠大量初创型企业形成合力，这些数量庞大的小企业主要提供细分领域产品的研发，但目前的数量太少。目前，我国的科技金融资源还主要集中在大

型企业，主要的创新也来自大型企业，我国在支持初创型科技公司方面做得还不够。初创型企业不仅会面临内部管理的问题，还会碰到外部融资、不公平的竞争环境等问题。各级政府要出台相关优惠举措，加大对初创企业的融资支持力度，积极支持 5G 金融初创企业提质升级，还要积极支持 5G 金融科创团队创业，加快成果转化，推动我国 5G 金融发展走在前列。

2. 中小金融机构拥抱 5G 金融存在困难

中小金融机构就相当于我国金融系统的“毛细血管”，是为实体企业提供“养分”的重要组织。中小金融机构是为市场主体和民众提供便捷、普惠金融服务的重要平台，具有机制灵活、决策迅速的特点，在应用 5G 金融、推进普惠金融方面大有可为。然而，中小金融机构普遍缺少金融科技人才，5G 金融前沿科技方面更是如此。虽然 5G 金融是运用 5G 深度变革金融行业，但并非简单的“5G + 金融”，而是将大数据、区块链、人工智能等先进技术运用到金融业务中。此类技术需要大量金融科技专业人才，而中小金融机构由于地处基层，难以招揽合适的金融科技人才，并且中小金融机构在科技研发方面成本收益比较低。目前，我国绝大部分农商行、村镇银行和部分城商行等主要扎根于一县、一市或一省，客户数量相对较少，研发金融科技应用的成本较大而收益率较低，导致中小银行缺乏强劲的动力和目标去推动 5G 金融科技应用。此外，我国大部分县域金融机构缺乏数据支撑和数据应用能力，5G 金融科技的发展需要海量的数据支撑。但目前，中小金融机构由于客户数量相对较少，并且这些金融机构数据收集能力相对欠缺，同时，在获取数据后，中小金融机构也缺乏完善的分析体系和技术手段，无法对数据进行充分利用。

3. 5G 高端元器件依赖进口

5G 金融的开发运用在硬件方面离不开集成电路。然而，我国集成电路材料中，只有极小部分技术含量低的可以大规模生产。国际半导体产业协会数据显示，在大尺寸硅片方面，中国的对外依存度超过 80%，日本、德国和韩国等控制的六大硅片公司的销量占到 95%。可见，绝大多数集成电路技术仍掌握在企业手中，而且生产加工设备也基本来自国外。赛迪咨询公司 2018 年 5 月发布的《2018 年中国 5G 产业与应用发展白皮书》预计，到 2026 年，中国 5G 产业总体市场规模将达到 1.15 万亿元。根据国内相关行业现有的产能，特别是 5G 应用细分领域的高端产能，暂时无法满足如此大规模的需求。由此产生的市场缺口只能依靠进口，中国在 5G 半导体材料产业方面技术薄弱，令人担忧。

显然，只有顺应需求、顺应潮流、鼓励创新，才能更有效地推动 5G 金融发展。目前，我国“80 后”和“90 后”是中国新一代消费的主力军，对这一庞大的群体来说，金融服务有两个明显的需求。一是乐于接受和包容新事物和新模式，对金融服务水平提出了更高的要求。基于此，新兴的 5G 金融产品和服务必须贴近消费主力军的需求，才能更好地发挥推广作用。二是 5G 金融更多应用于跨越时间和空间的领域，需要共享、共赢、开放、合作的思维，形成一个具有各种优势和包容性的开放生态系统。

总之，中国要通过开放市场、加强创新、进行适度监管等手段，来引领和鼓励金融科技的发展，唯有如此，5G 金融才会获得更快更好的发展，让中国在 5G 金融时代成为全球金融业的领头羊。

复杂的国际环境下中国如何大力推进 5G 金融

近年来，全球市场对 5G 投入巨大，5G 金融即将成为业界热点。从发展的路径看，5G 金融涵盖了金融业的数字化创新和商业模式创新，其核心涉及移动支付、大数据、数学模型与交易系统、人工智能与机器学习、数字货币、区块链等方面。因为 5G 的商用才刚刚在全球几个主要国家开始，所以 5G 金融在国际上的认知度还不高。

目前，国际社会清楚地认识到 4G 还存在不少短板，并清楚了解 5G 的革命性进步，所以纷纷在 5G 方面发力。这为中国推进 5G 金融提供了比较有利的国际环境。所谓“树欲静而风不止”，值得注意的是，基于不同国家存在竞争以及美国不遗余力遏制中国的现实，未来中国在推进 5G 金融过程中，必然会遇到这样或那样的阻碍。

一、对中国推进 5G 金融有利的国际环境

当前，我国在 5G 金融推广上面临着较好的国际环境。具体表现在以下三个方面。

1. 5G 金融符合人类社会发展需要

目前，包括 5G 金融在内的金融科技已逐步成为全球性话题，世界各国以及国际组织对 5G 及 5G 金融的重要作用有着清醒的认识，了解这些技术符合人类社会发展的需求，而且无论是强国还是穷国，无论是大国还是小国，都有选择发展的合法权利。任何不正当的打压和阻碍，都只会遭到唾弃。

各国为了抢得 5G 的发展主动权，纷纷投入大量的人力、物力和财力，而建立在 5G 之上的 5G 金融，势必也将出现激烈竞争。或许，出于自身技术实力和市场规模等方面的差异，大部分国家在发展 5G 及 5G 金融时步伐较慢，但这一天终究会到来。随着 5G 的商用，各领域、各行业都将迎来重要发展机遇，其中金融领域是重中之重，关系着国家社会经济的整体发展水平。如今，世界各国对 5G 和 5G 金融的重视和渴求是毋庸置疑的。

从全球范围来看，4G 时代，受到市场牵引的诸多新技术已经被金融机构广泛应用于风险防控、业务拓展、内部管理等方

面，金融机构的服务水平得到了很大提高。其中，云计算、大数据、人脸识别等技术层出不穷，这使以前不敢想象或无法完成的金融服务成为可能。5G 金融时代，金融服务实体经济和普惠金融的发展方向将更加明确，作为一种技术驱动的金融创新，5G 金融的本质仍然是金融，服务实体经济和普通民众不仅是金融的职责和宗旨，也是金融发展的活力所在，这一基本价值和发展方向不仅是中国所强调的，也是各国的共同理念。

2. 全球金融机构积极拥抱金融科技，为 5G 金融奠定基础

目前，各国以商业银行机构为代表的传统金融机构，尤其是跨国金融机构依托自身雄厚的金融科技实力、品牌以及人才优势，纷纷在金融科技方面进行战略规划与布局。虽然目前还无人打出“5G 金融”的口号，但金融巨头们在移动金融、线上贷款、网络银行等业务领域所做出的努力，就是在为即将到来的 5G 金融时代做准备。与此同时，传统金融机构与通信运营商和科技企业在技术研发、数据共享、风险管理等方面的合作也越来越多。其中典型的例子，就是支付宝、微信与各大银行、保险、证券的战略融合。目前，支付宝和微信提供的服务几乎涉及银行、保险和证券的各个方面。依靠支付宝和微信支付，人们可以方便地在网上购物、支付日常生活费用、挂号、购买小额理财产品、买车票、预订酒店、做公益，这些生活和金融服务大大降低了整个社会的交易成本。近年来，随着中国经济的增长进入新常态，传统

的货物和服务进出口贸易已经放缓，新型跨境市场已经爆发。让人欣喜和自豪的是，支付宝、微信支付、百度钱包等非银支付企业纷纷走出国门，成为全球支付的一个重要方式，为各国民众的金融生活提供了有利条件。

金融科技创新是不可阻挡的潮流。目前，全球金融技术已从早期的互联网技术迅速转变为大数据、云计算、区块链和人工智能。如今，金融科技不仅深刻改变着全球金融业的发展格局，为社会经济发展和民众生活带来便利，反过来也在大力推动全球金融业的发展。5G 金融并没有改变金融的本质，但它将变革金融的方方面面，尤其是支付宝、微信支付等非传统金融机构的大获成功，让全球金融机构认识到了科技的魅力，这为 5G 金融的推广应用带来示范效应。

3. 国际上对金融科技的监管不断完善，行业自律性增强

金融科技在取得猛进发展的同时，也面临监管难题。目前，由于各国经济社会发展水平、金融发展程度和法律监管体制的不同，各国对金融科技的监管也存在着较为明显的差异。例如，英国和澳大利亚对金融科技实行“沙盒监管”（指在开发软件的过程中，建立一个与外界环境隔绝的测试环境，工程师会在沙盒内放置软件测试其功能。通过建立沙盒，为一些来源不可信、具备破坏力或无法判定程序意图的程序提供试验环境，同时，沙盒中进行的测试多是在真实的数据环境中进行的，兼顾了测试的准

确性与安全性），在控制风险外溢的情况下鼓励创新；美国等国家实行功能性监管，凡是金融科技涉及的金融业务，一并按其功能纳入现有金融监管体系。但是，无论金融监管的框架和方式如何，各国对金融科技监管取得了很大的成效，也在不断完善之中。英国、中国、新加坡、澳大利亚、日本、韩国等国家签署了一系列双边监管合作协议。而全球监管沙箱计划的实施，可使金融科技企业同时在不同辖区进行测试，解决跨境监管问题，这为 5G 金融全球化，也为中国 5G 金融更好地走向世界创造了条件。

同时，金融科技行业自律性日益增强，这也为 5G 金融发展提供了较好的生态环境。金融科技行业自律可以形成对监管的有益补充和支持，如果金融行业的自律功能得到很好的发挥，从业人员的守法性和谨慎性较高，那么金融科技行业的自律性就会更强，也就更能防范 5G 金融推广运用中不规范，甚至是不道德的行为，监管也将相对更加灵活有效；反之，则会迫使监管部门提高监管刚性，采取更加严格的监管理念和措施。目前，5G 金融科技行业发展的经营模式和业务规则刚刚起步，仍需不断完善。

二、对中国推进 5G 金融不利的国际环境

当然，我们也应理性看到，我国在推进 5G 金融的过程中，也面临复杂的国际环境。一方面，主要国家高度重视 5G 发展，积极推动 5G 商用规模部署，接下来在金融方面的竞争也会加剧；

另一方面，我国在 5G 技术、标准、产业方面的发展，引起美国及其盟友的担忧，以安全为由对我国企业进行打压，给我国 5G 产品的国际化带来不利影响，中国的 5G 金融要走向国际，势必会面对更多的政治障碍和市场障碍。具体的不利因素有如下几大方面。

1. 我国企业面对国际市场的打压

在数字经济时代，大国之间的竞争主要集中在高新技术领域。对中国知识产权保护力度不足、强制技术转让等问题上的指责，反映出作为世界霸主的美国对于失去科技优势的担忧。2019 年 5 月 15 日，美国总统特朗普签署了一项行政命令，宣布美国进入紧急状态，禁止美国企业使用外国公司生产的电信设备，理由是这些设备会对国家安全造成不利。随后，包括英特尔和高通在内的数家芯片供应商切断了对华为的供应，谷歌宣布暂停与华为的部分业务往来。面对日益严峻的竞争形势，中国有许多困难需要解决。

首先，要摆脱对美国核心技术的依赖。以半导体为例，目前电子设备相关产业几乎都属于半导体领域，如芯片、雷达等。根据 CIIS（中国国际问题研究院）报告，中国使用的半导体只有 16% 在国内生产，其中一半由外国企业生产，而美国作为半导体工业的发源地，在这一领域有不可动摇的领先优势。因此，要想从根本上摆脱科技竞争中的被动地位，中国必须提高自主创新能力，实现核心技术的突破，以摆脱对美国的依赖。

其次，在制定技术标准时要争取话语权。技术标准是国际规则的一部分，国际规则规定技术产品的研究、开发、生产和流通应当遵循什么样的规范，这也是技术进入市场的一个“基本门槛”，建立具有自身较高技术水平的技术标准，意味着企业可以获得巨额的专利费，在这一领域具有垄断性的技术和价格优势。在 2G 和 3G 时代，高通芯片占据了手机市场的半壁江山。根据《华尔街日报》的数据，中国在 5G 标准基本专利和 5G 技术标准提案数量上处于领先地位，这意味着中国正在积极参与国际通信标准制定的竞争。过去，在高新技术领域的国际技术标准几乎都是由西方发达国家主导的，中国的加入必然导致国际规则话语权的争议更加激烈。

最后，中国必须加大对科研创新和人才培养的投入。第二次世界大战后，美国成为世界上科技最发达的国家，并保持了在世界科技领域的领先地位。很长时间以来，支撑美国科学技术可持续发展的重要因素是，美国建立了一套先进的科技创新体系，包括政府资助的基础研究、多元化的投资机制和刺激创新的文化环境，这是决定制度有效运行的关键，也是美国科研商业化能力的重要保障。由此可见，中国应加大对科研创新和人才培养的投入，在尽可能短的时间内提高我国的科技水平。但要创造一条 5G 金融的“快车道”，还需要更多的耐心和智慧，更需要鼓励创新、实现科技与市场良性互动的自然环境和技术创新体系。

2. 世界各国 5G 行业的竞争加剧

目前，全球多个国家和地区的运营商都在积极推进 5G 商用部署，一些运营商初步推出了增强移动宽带服务的业务应用。

据东方资讯网，2018 年 9 月，美国联邦通信委员会启动“5G 加速发展计划”，在频谱、基础设施政策、市场化网络监管等方面为 5G 发展铺平道路，意在领先全球 5G。“5G 加速发展计划”的主要内容有：鼓励私营企业投资 5G 建设，加快政府部门对 5G 网络的审查进度，采取措施为 5G 业务提供更多频谱，向市场投放近 5 000 兆赫的 5G 高频频谱，完善 5G 相关法规，鼓励投资和创新，确保美国 5G 通信供应链的完整性和安全性等。目前，在美国最大的电信运营商威瑞森（Verizon）成为第一家 5G 运营商之后，美国电话电报公司（AT&T）于 2019 年 4 月 9 日宣布将其 5G 网络部署到另外 7 个城市。包括此前新增的 12 个城市，美国 5G 网络覆盖范围将达到 19 个城市。此外，移动电话运营商 T-Mobile 和 Sprint 将相继推出 5G 商业服务。

韩国、日本也不甘示弱。三家韩国电信运营商于 2019 年正式推出 5G 商用服务，2019 年 4 月 8 日，韩国政府召开“5G + 战略”会议，宣布将在国家层面推进 5G 战略，建设世界级的 5G 生态圈。日本的电信运营商计划到 2020 年商用 5G，并正在积极推广 5G 应用。日本总务省已确定了 13 个 5G 应用领域，重点关注车联网、远程医疗、智能工厂、紧急救援等应用的新商业模式。

欧洲方面，瑞士电信在2019年4月11日举行的5G商务会议上正式推出5G商务服务，其5G网络基于3.5GHz（千兆赫兹）频段。它现在覆盖了50个城市和村庄，并计划到2019年底在瑞士所有城市和村庄实现5G网络覆盖。

可以说，各国5G金融竞争日趋激烈。2019年6月6日，工业和信息化部正式向中国电信、中国移动、中国联通、中国广电颁发5G商用许可证，标志着中国进入5G商用元年。

通过各国布局5G可以发现，5G带来的机遇和挑战将远远超过3G和4G，将给汽车、工业制造、医疗、物联网等行业带来巨大的经济效益，也会给金融业带来巨大的发展机遇。目前，5G尚处于商业化部署的初级阶段，随着5G商业网络的正式大规模启用，将带来另一片天地。因此，我国要动员产、学、研三方共同努力，加快5G网络的商业部署和业务应用，继续推进5G标准化，不断完善5G相关标准，进一步加强5G网络的集成和研究。以云计算、大数据、人工智能等技术创新5G，全面深化5G国际共识，促进国际合作；推动5G与垂直产业深度融合，探索新需求、新技术、新模式，构建开放共赢的全球5G生态，为5G金融的全面推进营造有利的环境。

很明显，在全球经济增长乏力和国际单边主义盛行的情况下，中国应该加快5G及5G金融的建设步伐，这不仅可以撬动庞大的产业链，增强国内投资和消费，促进国内经济复苏，还可以向国际社会充分展示我国在5G及5G金融领域的领先优势，产生示范效应。花香自有蝴蝶来，国内 5G 金融市场做得好，自然会有溢出效应。未来，国际社会将向中国购买 5G 金融的技术专利费，中国的 5G 金融将成为各国学习的标杆。

总之，尽管当前国际环境的不确定、不稳定因素增加，但我国在 5G 金融方面的发展形势依然向好，过程可能曲折，但前景一片光明。

中国推进 5G 金融的优势与劣势

2019 年，5G 银行网点大量涌现，不少银行推出了嵌入 5G 元素的“网红”业务网点。显然，如今 5G 还没有“飞入寻常百姓家”，5G 银行网点的改造只是初步应用。未来，5G 金融将更深入地渗透到移动支付、投资理财、数字货币等方面。

回顾 3G 和 4G 时代，移动通信技术作为重要的基础设施，在金融业的基础技术中起着根本支撑性作用。3G 时代到来后，智能手机越来越普及。从那时起，移动金融服务开始了。4G 时代，移动互联网诞生，推动着互联网金融和金融技术的兴起，尤其是大数据、人工智能等技术在金融领域得到了广泛应用，商业银行继续将业务重心从传统的线下门店转移到线上门店，各种直销银行和网上银行纷纷涌现。与此同时，腾讯、阿里巴巴等科技巨头涉足金融业务，并取得不俗战绩，让传统金融机构更加清醒地认识到了生存危机。此后，传统金融机构与科技公司的合作与融合开始加速。

5G 与金融的深度融合将催生 5G 金融。随着 5G 的广泛应用，在协助新兴技术落地、优化现有技术应用的过程中，也将重塑金融行业，为金融业注入无限新活力。此前停留在概念阶段的“智能金融”、“物联网金融”和“智能银行”等术语有望成为现实。

一、中国推进 5G 金融的优势

中国在推进 5G 金融方面的优势十分明显，当前的现实情况是，除了少数地方性金融机构外，大部分金融业机构及人士对 5G 金融的推广有紧迫感和危机感。加上各级政府的重视，以及庞大的人口规模和市场需求等，都为 5G 金融的推进带来巨大的动力。

1. 中国具有“集中力量办大事”的优势

中国现有金融企业科技化程度相比以往得到大幅提高，除了极少数地方金融机构之外，绝大部分金融机构在推进 5G 金融方面都具备一定的基础，并且都清楚占领 5G 金融这一制高点的战略作用和巨大发展潜能。因此，推进 5G 金融，金融机构都会有强烈的主动性和积极性。

经过改革开放 40 年的快速发展，中国经济建设取得了巨大成就，社会生产力水平总体上有了显著提高。社会生产能力已在许多方面走在世界前列，国内生产总值稳居世界第二位。与贫困做斗争取得了决定性的进展，6 000 多万贫困人口稳步脱贫，贫困发生率由 10.2% 下降到 4%，很快将全面建设小康社会。人民对美好生活的需求越来越广泛，发展不平衡不充分已成为满足人民日益增长的美好生活需要的主要制约因素。中国特色社会主义进入新时代，以 GDP 为中心的经济增长战略难以解决这一问题。要解决这一重大矛盾，必须建立现代经济体制，促进社会经济均衡全面发展，这样人与人之间、地区与地区之间的经济发展差距才有可能缩小，人们走向共同富裕的目标才能实现。

十九大报告创新性地提出“现代化经济体系”这一重要范畴，其内涵包括深化供给侧结构性改革，加快建设创新型国家，实施乡村振兴战略，实施区域协调发展战略，加快完善社会主义市场经济体制，推动形成新的供给侧结构，推动经济发展质量变革、效率变革、动力变革，提高全要素生产率，增强经济创新能力和竞争力。要做到这一切，金融的推动作用不可忽视。

从现实看，为实体经济服务是金融业的使命，也是金融业生存和发展的基础，金融体系通过促进资本积累、引导资源流动、提高生产效率等来促进经济发展，而且要提高金融交易效率，尤其需要鼓励金融科技的进步。

十九大报告为中国 5G 金融的发展指明了方向。在新时代，抓住建设现代化经济体系的契机，充分发挥引领效应，促进金融业创新发展，实现经济协调发展，既是中国 5G 金融发展的必由之路，也是建设现代化经济体系的重要环节。

中国经济已从高速增长阶段向高质量发展阶段转变，当前正处于转变发展方式、优化经济结构、转变增长动力的关键时期，在构建现代经济体系的过程中，实体经济的新要求将不断涌现。金融科技要及时抓住新时代的历史机遇，大力支持供给侧改革，加快创新发展，积极发展普惠金融，鼓励发展消费金融，扩大金融开放，加快实现跨越式发展，才能从根本上满足人们对美好生活的新期待。更重要的一点，中国特色社会主义制度能够有效整合社会资源，具有“集中力量办大事”的优势，在 5G 金融的推广中，这一优势仍将发挥重要作用。

2. 中国 5G 金融推广具有坚实的社会物质基础

中国已成为全球第一贸易大国，也是第二大消费市场，这使得 5G 金融推广有坚实的物质基础。虽然美国在金融科技方面领先于中国，但中国在几年内超过美国是可以预期的，可以说，中美两国在金融科技领域各有优势。

中国在金融发展方面还有巨大潜能。其中一个明显的特征，是我国还有大量未能享受基本金融服务的人群。权威数据显示，截至 2017 年 11 月底，央行征信中心共收集自然人信息 9.5 亿条，有贷款记录的约 4.8 亿人，央行个人征信覆盖率为约 50%。

中国拥有规模庞大的小微企业。据《经济日报》报道，截至 2017 年 7 月底，我国小微企业名录中收录的小微企业已达

7 328.1 万户。国家统计局的数据显示，截至 2017 年末，全国企业法人约有 2 800 万户，个体工商户约有 6 200 万户，中小企业在市场中的比重超过 90%，中小企业是国民经济的重要支柱。据中国人民银行行长易纲 2018 年 6 月在一个论坛上表示，小微企业贡献了全国 80% 的就业、70% 左右的专利发明权、60% 以上的 GDP 和 50% 以上的税收。在这些个体工商户和小微企业中，大部分的金融需求是现实而紧迫的。但在现行监管制度和服务体系下，处于资金安全和防范风险的考虑，金融机构对小微企业和个体户的金融需求很难完全满足，甚至说还存在现实困难。5G 金融时代，随着金融科技越来越先进，小微企业和个人金融消费服务不足问题将得到解决。

3. 中国在 5G 领域拥有技术优势

众所周知，目前，中国的 5G 技术走在世界前列，而 5G 金融的基础正是目前各国纷纷投入资源、抢夺话语权的 5G 技术。中国在这一方面拥有较大技术优势，无疑将为 5G 金融的推广奠定技术基础。

二、中国推进 5G 金融的劣势

当然，中国也存在一些弱势。比如，我国经济发展的地区差异给 5G 金融的全面推广带来了不少压力和障碍，地方中小金融机构受到资本实力不足、经营拓展能力弱、金融科技人才少等方面的限制，在推进 5G 金融建设上可能会出现速度迟缓，或心有余而力不足的状态。具体来说，这些弱势主要表现在如下方面。

1. 中国数据治理经验不足，可能影响 5G 金融的全面推广

5G 具有万物互联的特点。除了中国庞大的用户群体外，5G 金融时代，物与物、人与物、人与人之间将产生海量数据，并呈几何级指数增长，如何存储和科学使用这些数据是金融机构面临的一大挑战。目前，中国政府部门、金融机构和科技公司在数据采集、数据存储、数据传输和数据处理等方面都存在不足。同时，人工智能由数据和算法组成，5G 金融极大地增加和丰富了数据维度，这也意味着算法需要重构，而中国在算法开发和发展方面，与国外还有很大差距。

首先，中国各级政府、金融机构、科技公司、网络借贷平台之间的数据还未真正实现共享，导致出现金融数据孤岛和行业数据碎片化特征。比如，现在各大银行都设立了线上消费贷款，P2P 平台也有此类贷款，但银行和借贷平台间的数据，由于竞争等原因而无法共享。而传统金融机构、P2P 平台和科技公司在进行金融业务创新和提供金融创新服务时，往往需要更准确的用户数据。此外，金融业的数据也未能与政府部门实现互联互通，如社保、税收、犯罪、交通等信息，都是割裂的。未来，5G 金融需要对这些数据孤岛一一打破。

其次，中国金融机构数据治理的专业化程度不高。目前，虽然数据已逐渐受到金融机构，尤其是大型金融机构的重视，但是很多区域性中小金融机构数据治理工作严重滞后，大型机构的数据处理也处于分散化状态，没有形成自上而下的专业治理体系，专业的数据岗位和不同层次的专业数据管理人员队伍也比较缺乏。令人尴尬的是，出于部门利益需要，不同部门之间的数据搜集、整理、分析、使用、保护都不能实现很好的共享。

最后，金融机构缺乏数据治理文化的概念。未来，数据治理文化理念必须得到明确，这意味着金融机构的公司治理和经营的总体理念，要从“经验主义”向“数据主义”转变，这就要求金融机构在行业竞争中真正认识到数据的价值。目前，绝大多数金融机构在战略决策中严重缺乏数据使用意识，部门领导不了解数据情况和应用场景，不同部门之间数据共享和数据流意识淡薄，这些都是缺乏数据治理文化的表现。要想在 5G 金融时代获得竞争优势，要求金融机构要建立良好的数据文化，树立数据是重要资产、数据要真实客观的观念和标准，增强用数意识，遵循按规用数、按数用数的职业道德，最终实现对数据信息进行科学化管理。

因此，5G 金融时代，随着金融数据信息的快速扩张和技术手段的快速更新，迫切需要我国从政府到行业再到个人，在思维观念层面要从“大数据管理”向“数据即战略资产”的方向转变，更需要决策层统筹做好数据治理的战略规划和工作推进机制。

2. 中国网络安全风险管控与发达国家差距明显

2017 年，国内部分银行成为 OpIcarus（黑客攻击行动）的攻击目标，其中包括五家国有银行，在这种情况下，国内金融业必须注意防范网络攻击。与现有相对封闭的移动通信系统相比，5G 的接入用户和智能终端的数量是相当多的，因此，用户、移动网络运营商和基础设施提供商之间的信任比以往更为重要。更重要的是，中国金融机构和科技公司在数据理解、网络安全保护等方面与发达国家存在较大差距。对金融行业来说，数据的安全性要求远高于其他行业，在万物互联的 5G 网络环境下，金融机构有可能面临更大规模、更高频率的恶意网络攻击，一旦这种不幸事件发生，波及的范围将更广，所带来的损失将更大，甚至可能是毁灭性的灾难。

因此，即使由 5G 等科技驱动的金融创新发展到一定程度，金融的风险属性也很难改变。传统金融固有的脆弱性在 5G 金融领域依然存在，并且金融风险的外溢性不可忽略。这告诉我们，网络安全始终是 5G 金融科技发展的生命线，无论何时都要把金融安全和金融发展放在同等重要的位置，全面做好网络风险管理，建立起网络安全防范体系和应急保障体系，有效保障网络安全以确保 5G 金融始终平稳健康发展。

随着 5G 新兴金融业态的发展，5G 金融系统与各种 5G 金融公共平台有着广泛的联系。客户信息保护不再局限于金融机构，第三方机构造成的数据泄露同样不可忽视。可以预见，客户隐私保护将面临更大挑战，尤其是随着金融机构与其他机构跨行业、多渠道合作的增多，金融业的信息安全问题将日益突出，传导风险必须引起各方高度重视。

3. 中国在保护用户隐私方面远远不足，容易埋下隐患

5G 将催生更加丰富的金融场景和支持更多的应用服务，因此金融机构将涉及大量的用户隐私数据，如终端硬件标识、用户ID（账号）、用户身份及行为偏好等，在金融场景中，还有可能涉及大量敏感的用户财务数据、交易数据等。5G 一旦将这些个人数据从相对封闭的系统传输到开放的系统，一个人裸露在众人眼前的风险就会大大提高，一旦数据泄露，将导致严重的后果。因此，电信运营商和金融机构需要提供更严格可靠的隐私保护方案，不留死角和盲区。

值得注意的是，个人隐私、数据保护、数据采集和处理风险无处不在，如何合理界定数据使用范围，如何保护金融消费者的隐私都将面临巨大挑战。在金融机构的经营过程中，大量数据都将通过网络传输。在 5G 时代，数据安全与企业的生存息息相关。在金融领域，客户数据是金融机构的核心资产，客户数据的采集、存储、计算和分析，涉及用户的消费习惯、现金流量等多个方面，而客户习惯、银行消费记录等数据既是金融机构的金矿，对黑客来说也意味着巨大的价值，受利益驱使，黑客肯定会想尽办法获取这些数据。一旦遭到黑客攻击，金融机构和用户将遭受

巨大损失。从脸书上 5 000 多万用户信息泄露，到谷歌因数据泄露而关闭“谷歌 +”服务，再到华珠酒店 5 亿条用户信息被盗，可以看出有数据的任何一个角落都可能成为不法分子侵犯隐私和进行网络犯罪的温床。

总而言之，5G 金融时代，中国金融机构一方面要大胆拥抱新技术带来的好处，另一方面也要以最高的要求保护用户隐私。而我国在个人隐私保护方面，还有一段很长的路要走。

4. 中国 5G 专业人才匮乏

中国能否成功推进 5G 金融的建设，关键还得靠大量的专业人才。未来，金融市场需要更多懂数学、懂金融、懂科技的复合型金融科技人才。人工智能越发达，人的智力就显得越宝贵。除了复合型人才之外，未来，金融行业将衍生更多细分行业，这些细分行业自然也需要大量的专业人才，比如数据分析师、数据建模师、保险评估师、风险分析师等。中国拥有 14 亿人口，肯定不缺人才，但高端人才比较匮乏。因此，为了顺应时代和 5G 金融的行业需要，我国在人才培养方面要下大力气，及时对市场需求做出反应，增设相关专业，而不是让人才培养与国家发展和行业发展需求脱节。目前，虽然我国在 5G 金融推广方面存在一些不足，但值得期待的是，有着强大综合国力作为保障、先进的 5G 作为技术支撑，5G 金融在中国的推介必将取得巨大成功。

第四章

5G 金融推广需要解决的问题及政府的角色定位

5G 金融全面推广面临的困难与障碍

回顾 3G 和 4G 时代，移动通信技术的发展已经直接影响金融业，作为一项重要的基础技术，它一直在为其他社会经济活动提供技术支持。3G 时代，智能手机开始普及，推动移动金融服务起步；4G 时代，人工智能、云计算、大数据等技术的应用，也得益于基础网络速度的提升，进而推动互联网金融和金融科技迅速崛起，金融服务触手可及，移动支付、手机银行、线上理财等也逐渐成为人们生活内容的重要一部分。

4G 改变生活，5G 改变社会。可以预见，5G 会改变诸多行业和社会生活的方方面面，对金融行业的改变，将是革命性的颠覆。但鉴于 5G 的商用开始时间不长，其技术的完善和成熟需要一个过程，因此，5G 金融的发展肯定会受到相关制约，其全面推广也会面临不少的问题。比如，金融业的关系协调问题，不仅各金融机构之间要处理协调好技术合作关系，金融机构与监管部门也要统一思想认识，制订出行业发展计划；金融机构还要与科技公司处理好关系；金融机构更要解决好与客户之间的信任关系，打消客户对信息保护的顾虑。

因此，与 3G 和 4G 悄然改变金融业不同，5G 金融涉及的面更广，安全性要求更高，参与各方必须高度重视，做好分工协作，才能达到目标。在全面快速的推广过程中，面临的困难和阻碍有以下几个方面。

一、金融基础设施不完善

总体来看，目前的 4G 网络已经难以应对海量的数据传输需求，5G 的诞生和发展也是时代发展的现实需要。

根据前瞻产业研究院发布的《中国 5G 产业发展前景预测及产业链投资机会分析》，目前，中国 5G 产业的爆发已经到来，这仅仅从移动数据流量的增长趋势上就可以看出来，这是我国移动数据流量增长给现有移动通信基础设施带来的挑战。但是，中国 5G 产业还不是很成熟，终端芯片、系统等合作环节还不紧密，产业生态还没有建立起来。

从现实需要看，5G 产业的发展不仅是如何提高传输速率的问题，更是终端数量和流量密度激增导致用户体验感下降的问题。要想彻底发展 5G，必须保证网络资源按需分配到不同的设备上，保持 5G 的传输速率不变，并实现多设备连接的稳定性，允许用户在不同的应用场景中顺利切换。同时，降低成本也是 5G 产业聚集大量用户的核心问题之一。

首先是 5G 基站的覆盖问题。在 2G 时代，一个基站可以覆盖 5 公里以上，4G 时代的基站可以覆盖 1~3 公里。根据目前 5G 试点的情况，一个 5G 微基站大概只能覆盖到 100~300 米，遇到建筑等障碍物还会缩减。中国联通在北京金融街的测试是，11 个微基站覆盖了 3.6 公里的街道，这是因为街道上没有障碍物，只有少数人使用 5G 网络，在这种测试状态下，几乎是纯测试。根据 AT&T 的测试，5G 信号只能覆盖 180 米，它几乎是一个很大的 Wi-Fi。同时，5G 信号覆盖范围小，信号穿透性差，主要是由于中高频频段的使用造成的。没有革命性的天线技术，很难提高 5G 信号覆盖率。因此，华为高管余承东在 2019 年出席中国（深圳）IT 领袖峰会时，曾呼吁将 5G 技术应用于 2G 和 3G 频段，这证明现阶段 5G 信号覆盖范围太小。

其次是 5G 网络实际速度问题。据新浪网报道，2019 年 4 月 3 日晚 11 点，韩国三大通信运营商 SKT、KT、LGU+ 率先开始面向消费者的 5G 商用，这也使得韩国成为全球第一个开通 5G 商用的国家。在韩国部署 5G 是最极端的，依靠高额补贴，在几十年内实现从 0 到 100 万用户的跨越。然而，网络信号监测公司 OpenSignal 发布了一份关于韩国 5G 网络实际测量与分析的报告：5G 手机平均下行速度为 13.9Mbps（兆比特每秒），甚至不如 4G 旗舰手机平均下行速度 16Mbps，这种网速相对于 4G 网络没有多少优势。另外，2019 年 4 月，美国运营商 Verizon 在芝加哥和明尼阿波利斯启动了 5G 试点项目，测试中 5G 信号不稳定，信号的穿透力很差，尤其是室内信号很差，一进入大楼就回落到 4G，5G 稳定下载速度在 400~600Mbps，与理想中的速度有一定差距。

最后就是功耗问题。由于高频覆盖差，低频覆盖好，但是 5G 没有革命性的技术，所以采用了其他更为激进的方式来增强高频扩容。不过，虽然高频带宽资源比较多，但覆盖面太差，所以国内不敢用高频，只敢用中频。然而，由于商业频段高、新增站址困难，即使使用中频频段，也很难实现连续的网络覆盖。5G 现阶段的另一个问题是功耗，5G 基站的功耗是 4G 的 2.5~4 倍，根本原因是 5G 技术升级困难，主要是依靠暴利囤积来提高网络速度，结果使整个系统的功耗呈爆炸式增长。据中国电信估计，如果广东省要让 5G 使用实现全覆盖，不出现“无信号盲区”，那么年电费将达到 200 亿元，根据开放网络计划，中国电信和中国联通的 5G 基站将是目前的两倍多。换句话说，光是电费就足以让运营商头疼，正是因为这个原因，有网友戏称“国家电网是最大的赢家”。

除了高昂的电费外，5G 设备也很昂贵，再加上 5G 基站密度要翻一番，将导致联网成本非常昂贵，庞大的联网和维护成本最终将转嫁给用户，这将使现有的商业模式难以为继，也会给 5G 金融的全面推广带来一定的障碍，因此，必须找到新的模式。

二、5G 安全性存在一定隐患

5G 时代，因为万物互联，安全问题是大家最为关心的，这好比高速铁路网络相比普速铁路更加需要安全是一个道理。虽然 5G 金融被称为未来金融，它的推出似乎迫在眉睫，但其超高速、超便利的金融服务可能存在安全隐患。

种种研究表明，5G 系统引发了人们对下一代移动通信的安全的担忧。这项新兴技术正在迅速推广，但如果该系统要提供安全可靠的服务，安全性需要大大提高。如今，全球三分之二的人口每天使用智能手机，并通过 SIM 卡（用记识别卡）与世界各地的人进行通信。4G 时代电信诈骗已经防不胜防，5G 是否足以提供强大的安全保护，这真是一个令人担忧的问题。未来，5G 不仅在打电话、发图片、投资、支付和购物时使用，也会用于无人驾驶、物联网设备和工业制造等场景中，就算 5G 运营商承诺比以前的网络更快、更安全，但事实上可能会存在一些安全隐患。当然，电信运营商肯定会提出一些改进措施来弥补这些漏洞，但金融行业的特殊性众所周知，一旦隐私保护不够完善，出现泄密，产生的后果将比 4G 时代更为严重。尤其是 5G 技术尚不稳定和成熟，新技术的引入可能会产生始料未及的安全问题，所以，5G 金融的全面普及应该在确保安全的基础上进行，而不是急于求成。

三、5G 金融的风控技术含量要求较高

5G 金融发展的核心是风控，与传统的金融风控相比，5G 金融风控的局面发生了很大变化。过去，传统金融风险控制更多的是做好内部管理，预判外部环境波动带来的影响。比如操作风险、道德风险，就是要做好内部操作流程管理和员工教育；信贷风险、市场风险等只需做好信贷管理和客户调查，以及应对好来自外部利率、汇率的波动带来的风险。5G 金融到来后，风险更多来自技术等较难把控的领域。未来，人工智能和大数据等技术会成为应对 5G 金融风险的标配，但作为技术支撑的人工智能，本身可能也存在漏洞和风险，好比很多高科技武器都依赖于 GPS（全球定位系统），一旦 GPS 受到攻击，再先进的武器都是废铁。

从金融业的发展进程看，5G 金融的业务结构肯定会越来越复杂，交易速度更快，服务项目更多，风险也会更大。通常情况下，不少过程由智能系统控制，一旦系统设计出现问题和错误，就会造成不可估量的损失，这将为 5G 金融的发展蒙上阴影。同时，现在很多不法分子打着普惠金融的名义，钻监管的空子，监管部门必须建立制度之墙，从而有效遏制这种浑水摸鱼的非法金融行为。

5G 为金融业带来了新技术，势必会大幅增加金融业的产品和服务，这必然也会给监管带来新挑战。之前传统的监管制度和理念，在新时代可能不再适用，因此必须了解和掌握 5G 金融的

发展特点、发展规模和潜在风险。在此基础上，应尽快探索符合我国5G金融健康发展的监管制度和方法。在探索过程中，可能还会遇到各种无法预料的问题，可能会给5G金融的发展带来一些障碍。比如最近几年监管部门比较头疼的P2P网络借贷，出现了很多传统金融没有过的新问题。之前，无论银行、保险还是证券，都由相关行业主管部门颁发牌照，而P2P在较长一段时间，根本没有牌照一说，甚至连资金存管都存在问题，但这种平台又确确实实解决了一部分企业和个人的融资问题和投资需求，作为监管机构，肯定不能一棍子打死，只能边走边看，通过行业自律和出台监管政策对其进行引导和规范。经过多年的努力，P2P行业终于从最初的野蛮生长逐步走向平稳，不合规的平台纷纷主动退出或被清理离场。

值得注意的是，5G金融即便主要依靠先进的技术，但在很多环节还是需要人来协助判断和处理的，而有人的地方，就存在道德风险问题。因此，除了解决技术漏洞，如何把人管好，也是重中之重。

四、5G与金融深度融合存在难点

5G如何更好地和金融深度融合，是需要考虑并解决的问题。首先，5G金融发展最大的问题之一是金融和技术这“两张皮”能否很好地融合。在此过程中，涉及不同行业、不同部门之间的基本信任和利益分配问题，更涉及高端人才的培养和使用问题。只有 5G 与金融真正融为一体，“5G + 金融”才有灵魂，而不是空有一句口号。融合问题是一个挑战，也是亟待解决的重大课题。

5G 金融全面推广的另一个问题是基础设施是否足够完善。未来，新的金融产品和服务可能会海量出现，但要实现的前提是，基础设施足够完善，否则就无从谈起。比如，5G 金融时代，商场、咖啡厅、小区门口等都可以进行金融交易，但必须要有相应的感应器和智能机器人等设备，这些基础设施能否配备到位，尤为关键。

还有，4G 时代就已经有了物联网的概念，但为何推进缓慢？除了移动通信技术达不到要求，另外一个关键原因是缺少必要的基础设备，这就导致物与物、物与人之间无法产生更多联系。而数量庞大、用途单一的基础设施，谁来投资？投入巨资后，收益从哪里来？

五、未能充分挖掘 5G 金融服务实体和薄弱领域的内在价值

5G 和金融的融合，可以说既是金融业的一次升华，也是 5G 延伸到各个行业和民众生活的具体体现，因此，5G 金融不管是对 5G 还是对金融业来说，都意义非凡。但不管再先进的技术，只有为人类社会和普通民众提供实实在在的帮助，才能体现出巨大的价值。从这个意义上说，5G 金融必须服务好实体经济，解决小微企业、民企、“三农”等“融资难，融资贵”的老大难问

题。挖掘出 5G 金融服务实体和薄弱领域的内在价值，始终是需要明确的方向，也是难点所在。

在 5G 金融的发展过程中，如何避免过度金融化，实现一定程度的价值传递显得较为重要。虽然金融业的所有产品和服务都与钱有关，但只讲利益最大化，不讲价值、道德和责任，也是很可怕的。

据《新京报》2019 年 6 月 6 日报道，在网商银行成立 4 周年纪念日之际，蚂蚁金服总裁、网商银行董事长胡晓明表示，网商银行从成立开始，就没有把利润作为考核指标，而是只关注服务的小微企业数量和它们的满意度。胡晓明甚至调侃称："我看到有网友开玩笑说，网商银行利润不高，是一家'傻子银行'。"事实上，5G 金融的发展，尤其在前期，就需要这样的"傻子精神"。

六、尚无配套的政策措施

尽管当前金融业相比以往任何时候，都更加现代化和智能化，人工智能、大数据、云计算、区块链等新技术已逐步应用到日常运营管理中，但技术的成熟度、智能化水平还处于早期阶段，随着 5G 的商用，越来越多的新生事物将会不断涌现，5G 金融也不例外。

目前，大大小小的机构都在做金融服务或者与金融相关的技术研发，但总体来说，基本处于各干各的状态，整个行业缺乏相应的配套政策措施，这一课必须尽快补上，否则无法形成合力。

比如，现在不同行业和不同部门的数据是孤立和割裂的。不同机构都有大量的数据，但基于竞争关系，同行业和不同行业的机构之间几乎无法共享这些数据，就算一个客户在某一机构里出现了违约和其他恶性行为，但因为“数据孤岛”现象，其他机构根本查不到该客户的信息，可能将其视为优质客户，提供大量资源扶持，由此带来的损失可能不小。此外，不同机构包括高校也在做一些技术开源的研究，但技术标准不统一。这些技术被研发出来后，投放于市场，应用成本也比较高，这就需要由监管部门和行业自律组织进行引导和整合，统一标准，降低各种成本，提高效能。

以上这些问题和挑战，是制约 5G 金融发展、创新和推广的一些阻碍。不过，随着技术的不断进步、人们理念的改变、参与各方的共同努力，这些风险和挑战可以在发展过程中逐渐解决掉。

5G 金融推广与传统金融存在矛盾

谈及 5G 金融推广，必然会涉及与传统金融的微妙关系，这个问题关系到传统金融机构的思想解放与业务边界的遵守问题。5G 金融的到来，一方面，会给传统金融机构带来巨大的经济利益；另一方面，建立在新技术之上的新业务也会给原有的信贷、融资和支付结算等传统业务带来压力，金融机构甚至可能必须放弃部分既得利益。而放弃利益对任何人来说都不容易，毕竟割肉谁都会心痛。

我们应该看到，在 5G 金融时代，金融业务可能会出现大整合，目前分业经营的界限极有可能被彻底打破。金融机构的业务范围和服务能力将得到极大的拓展，金融机构有可能演变成一个普通的商业经营机构，而此前不具资质的公司，也将可以经营金融业务。对传统金融机构来说，如果故步自封，不及时抓住历史机遇，跟不上时代发展步伐，必将被市场淘汰。类似的例子举不胜举，比如柯达。柯达胶卷的销量一度占据全球 70% 以上的市场份额，这个比例保持了长达一个多世纪，直到 1996 年，柯达攀上了历史的巅峰。当时，这家公司被评为全球最有价值的品牌第四位。那一年，其年度营收达到了 160 亿美元，市值亦高达 310 亿美元。柯达绝大部分收入都来自胶卷，后来由于数码拍照技术的兴起，传统胶卷业务一落千丈。胶片市场以每年 10% 的速度萎缩，在从胶卷向数字化转型的过程中，柯达频遭对手“伏击”，富士、理光等竞争对手纷纷向数码相机领域发力。在外部客户需求发生变化的前提下，柯达公司未能及时调整战略，没有优化和改进原有产品，只是试图尽可能保持原有的市场规模，而随着技术革新的速度越来越快，市场变化之快出乎很多人的意料，该公司最终从行业霸主走向破产。

随着 5G 金融时代悄然而至，传统金融领域也面临着同样的问题，5G 金融将是金融行业的一场革命，将对金融机构和金融从业人员产生重大影响。当新技术、新观念遇到旧的条条框框时，会不可避免地出现矛盾和冲突。因此，在这场革命中，5G

金融推广可能面临来自传统金融的阻碍。

一、5G 金融可能革掉部分传统金融机构的“命”

金融业的发展史是一部不断变革的创新史，特别是现代银行业，技术的推动作用极其明显。梳理公开资料，我们会发现，1967 年，巴克莱银行首次推出“德拉路自动兑现系统”（自动取款机的雏形）；1995 年，世界上第一家新型的网络银行——美国安全第一网络银行成立；1996 年，中国银行建立了自己的网站，在国内金融业率先通过互联网提供银行服务；1999 年，中国招商银行全面启动国内首家网上银行——“一网通”。进入 21 世纪，在互联网浪潮的席卷下，大数据、手机银行、移动支付、电子商务等信息技术迅猛发展，金融科技快速崛起。尤其是 4G 为金融业的发展带来了较为深远的影响，信息技术创新已经并继续引领金融业的变革。从银行业来看，跨时空价值交换的载体已经从纸币向在线数字交易转变，银行不再是金融交易的唯一选择。

目前，腾讯、阿里巴巴、百度等科技公司已经深度参与金融业务，货币的流动趋于网络化、数字化和智能化，客户的选择也日趋多样化。一个值得注意的现象是，客户特别是“90 后”客户，在选择金融服务时，不太在乎谁的名气更大，而更在乎谁提供的服务更简单、更方便、更具个性。因此，传统金融机构的市场份额逐步被体验感更好的科技公司取代，也就不足为奇了。

1. 传统银行正在被改变

目前，金融科技已显示出强大的魅力。包括银行在内的许多持牌金融机构都在与科技公司进行合作，重组自身产品和业务流程，同时在风险管理和成本控制方面也大量引进科技手段，期待重新掌握市场主动权，赢回客户的信任。

传统金融将面临两大“脱媒”。一是金融脱媒。众所周知，过去的融资方式主要是向银行进行间接融资，能占到 90% 以上。20 年前，随着直接融资的兴起——债券、股票和基金等，给银行间接融资的比重带来了挤压。目前，在美国，通过银行进行间接融资的比重大幅下降，已经不到 30%，而且趋势还在继续。二是技术脱媒。银行过去垄断了所有支付领域。近年来，支付宝、微信等第三方支付崛起，银行在支付方面面临的压力更大。马云曾放出豪言：“如果银行不改变，我们就改变银行。”

那么，银行真的在改变吗？答案是：银行正在改变。为什么会改变？因为时代在变，人们的需求在变。如果银行想要保持优势，就必须跟紧时代步伐，想方设法满足客户越来越多的金融消费需求。所以说，无论是否愿意、被动还是主动，银行都必须得改变。尤其是，5G 金融的到来，可能会革掉部分传统金融机构的“命”。

2. 不能对新技术视而不见

从某种意义上说，银行或其他金融机构都是高质量的数据公司，高质量的数据公司和技术结合最为有利，能为 5G 金融的发展提供巨大的推动力。

过去，因为有政策护航，可以“躺在床上赚钱”，传统金融机构不太重视客户金融消费数据的价值，它们更多的是关注大型国有企业的大项目，对于小微企业或个人的需求，要么忽视，要么干脆拒绝。而没有政策背书的科技公司，从出生的那一天起，就得想办法赚钱过日子。正是基于这一点，这些公司把所有的精力放在满足数量庞大的普通民众需求上。举个简单的例子，传统的出租车公司，之前收入稳定，就算经常因为拒载、中途甩客、绕行等饱受客户诟病，但几十年来从未见到其有太大改变，直到滴滴打车等新的出行方式诞生，出租车公司才感受到了新科技带来的巨大压力。

因此，传统金融机构不能对新技术视而不见，更不能像只知道把头埋在沙子里的鸵鸟，而是应该拥抱新技术，提前布局，为 5G 金融的到来做好准备。

二、传统金融业存在先天不足

改革开放 40 多年来，中国发生了翻天覆地的变化，跃升为第二大经济体，多项经济数据稳居世界第一，综合国力大幅提高。近年来，中国经济从过去的高速增长转向中高速增长，为了确保经济增速保持在合理区间，同时提高经济增长的质量，党中央、国务院在宏观经济和金融方面，出台和推行了一系列改革措施。如今，面对 5G 金融，传统金融先天不足的问题也逐渐暴露出来。

1. 监管思维存在滞后性

近年来，无论是传统金融领域，还是互联网金融领域，风险事件频发，凸显我国金融监管的思维存在滞后性，基本都是等到问题严重甚至被引爆，才心急火燎地去救火，而不是把风险防控前移，提前做好预判，并建立完善的监管制度。比如，广受诟病的 P2P，野蛮生长了几年，爆发了大量风险事件后，才逐步建立监管制度。此外，此前监管界“一放就乱，一管就死”的监管怪圈仍未打破，值得思考。

2. “普惠”尚未真正实现

传统金融由于信息不对称，加之服务手段简单、产品单一，还有成本和风险原因，所以其对大多数零散金融需求者有点“不近人情”，金融的“普惠性”一直未能很好实现，这也直接导致社会对金融机构的“嫌贫爱富”诸多诟病。因为信任度较差，为未来 5G 金融推广带来了一定的难度。

3. 产品和服务难以适应客户需求

在中国，1980—1995 年出生的年轻一代逐渐成为主要消费群体，他们占总人口的 31%。这一代人比他们的父辈更具个人主义和开放精神。在求新求快的今天，如果一项简单的金融业务需要亲自到实体柜台办理，这在他们的思维方式里是难以置信的。方便、简单、及时、情景体验、无障碍互动是年轻一代追求的消费模式，而目前大部分金融的产品和服务显然难以满足这部分主力客户的需求。

4. 无法做到“当用户有需要时，服务就在那里”

5G 金融将以提高客户体验为首要目标，将金融服务完美地嵌入民众生活的方方面面。未来，虚拟网络将在金融机构的品牌推广和体验中发挥更大作用，绝大多数金融业务将通过移动智能终端完成。金融服务和各种消费场景将深度融合，当然 5G 金融绝不是简单地将线下业务流程复制到网上，而是将金融服务在安全的基础上变得更加智能化和个性化。为了更好的用户体验，个人签名、刷脸支付、照片上传等流程会在无感状态下完成，真正实现“当用户有需要时，服务就在那里”。很显然，目前的传统金融距离这一目标还十分遥远。

三、如何破解 5G 金融推广与传统金融的矛盾

可以说，5G 金融时代，传统金融在各个方面都面临挑战，如何化解这些挑战和矛盾，也是 5G 金融能否顺利推进并尽快发

展成熟面临的现实问题。

1. 传统金融应向体验式、数字化方向转变

无论是大的金融机构还是小机构，必须抓住时代机遇，尽快朝体验式、数字化方向转变。从客户需要来看，20 世纪 80 年代出生的人已届不惑之年，20 世纪 90 年代出生的人也已年近 30，这一批伴随着互联网成长起来的群体，是 5G 金融未来 5~10 年的主要目标客户，他们普遍具有高学历、新思想、高收入等特征，有较强的消费能力。他们工作压力大，生活节奏快，普遍排斥排队、取号、现场身份核实、人工签字确认等传统金融行为，更加喜欢用一部手机或一台智能终端搞定一切，因此，传统金融只要抓住主要客户群体的消费习惯和需求特征，即可为自己带来巨大的收益，同时为 5G 金融的顺利推进扫清障碍。

基于此，传统金融机构要将更多精力放在引进和消化 5G 金融技术、推进数字化金融服务上来，以提升客户体验为最终目标，大力推进转型以适应新时代的市场竞争。以传统银行理财产品为例，为了满足部分客户资金不足的问题，可以推出网上众筹的模式。团购理财产品的人越多，收益率就越高。另外，为了解决客户的工作时间与传统银行理财产品的销售时间重叠的问题，以及适应年轻人喜欢熬夜的生活习性，金融机构可以推出夜间特卖的理财产品。

2. 在稳健经营和科技创新之间找到平衡点，突破固有思维方式，找到适合自身发展的创新之路

目前，在全球经济增长乏力、中美贸易摩擦加剧等大背景下，传统金融机构面临的经营压力较大，个别机构还出现了较大的风险事件。比如，2019 年 5 月，包商银行由于严重的信用风险而被中国人民银行和银保监会宣布接管。5G 时代，面对新技术、新情况，传统金融机构应该在稳健经营和科技创新之间找到平衡点，突破固有思维方式，找到适合自身发展的创新之路。

3. 处理好自主研发和技术引进的关系

就当前的情况看，5G 金融要想在安全的基础上得到快速发展，最稳妥和有效的办法，是传统金融结构和科技公司进行深度合作，而不是另起炉灶、各搞一套。比如共同出资成立新公司，专门用于研发相关的金融技术、产品和服务。这样做的好处是投资较小而且见效快，可以发挥各自优势。

当然，为了尽快取得成效，部分金融机构可能会采取从领先的跨国机构引进技术的方式。诚然，部分先进技术可以买到并且在短时间内见效，但一个较大的弊端是，核心技术买不到，买的技术也容易被别人“卡脖子”，这种情况中国是吃过大亏的。因此，依靠自身力量，进行自主研发尤为关键。而对于那些不是核心技术，或者没有必要花大量精力和资金去研发的技术，可以实现全球配套，只要把自主研发和技术引进的关系处理好，中国的

5G 金融推进一定能取得较好成效。

总之，传统金融要以空杯心态，回归本源，只要积极拥抱新技术，为即将到来的技术变革和商业模式变革做好准备，就一定能在 5G 金融时代获得更大的发展。

5G 金融推广需兼顾各方面的社会经济关系

5G 金融是时代的产物，5G 与金融深度融合，有助于金融消费者享受比以往更便捷、更普遍的金融服务。在大数据、云计算、人工智能等技术的基础上，5G 金融时代的金融创新产品和服务将不断涌现，行业发展将迎来爆发。

5G 金融的推广发展，需要处理好各方面的社会经济关系，包括要处理好金融机构现实发展需求与实体经济发展之间的关系，处理好金融机构与科技公司之间的利益关系，处理好金融机构与监管部门之间的关系，处理好金融机构之间以及与金融消费者之间的利益关系。

一、兼顾金融机构现实发展需求与实体经济发展之间的关系

要营造推广 5G 金融的有利条件，需要处理好金融机构的现实发展需求与实体经济发展之间的关系。处理好这对关系，必须找到几个切入口。

1. 把握好实体经济发展的需求，不搞虚假创新

中国 5G 金融的推广和发展应始终坚持为实体经济服务的宗旨，充分发挥 5G 金融技术在资源精确分配、业务流程自动化、实时风险管理、决策快速等方面的优势，不能离开真实的经济需求和金融业务情景来谈论技术的进步，更需要关注金融创新的安全性，不能搞自我娱乐式的虚假创新。当前，我国正着力推进供给侧结构性改革，金融供给侧结构性改革也已经启动。金融供给侧结构性改革的重要一环，就是改善金融服务，让金融回归到服务实体的本源上来。这要求金融机构要着力破解小微企业、民营企业、“三农”、精准扶贫等重点领域和薄弱环节的“融资难，融资贵”问题。在推广 5G 金融过程中，必须消除一切墨守成规的理念，敢于大胆创新，勤思考、下功夫、出实招。

2. 注重相关制度的建设，为 5G 金融全面推进提供有效保障

众所周知，科学技术是一把“双刃剑”，5G 金融技术不仅有助于解决传统金融服务的诸多不足和问题，也可能出现过分依赖技术、安全存在漏洞等新挑战。因此，金融与科技的融合与发展，不能把技术创新当作治病救人的灵丹妙药，而应以金融安全、风险防范和控制为发展进程保驾护航，与时俱进地调整和完善法律规范、监管规则和自律标准等制度安排，对技术创新实施有效监管，使 5G 金融的发展有方向、有底线、有规则，确保始终运行在健康、可持续的轨道上。

二、兼顾金融机构与科技公司之间的关系

金融机构和科技公司是推进 5G 金融建设的两个主要主体，两者之间既有竞争，也需要合作，处理好两者之间的微妙关系尤其重要。

1. 处理好金融机构与科技公司之间的利益关系

随着社会的发展和技术的进步，金融业的分工越来越市场化、专业化和精细化，金融产业链和价值链不断扩大。金融机构与科技公司的关系已经从一种相对简单的外包合作关系，发展为合作与竞争并存的关系。尤其是 5G 金融时代，金融机构和科技公司的属性和业务边界更加模糊，责任认定更加复杂，俗话说“亲兄弟还要明算账”，在构建好开放竞合关系的同时，各机构在业务范围、法律关系、责任分工、利益分配等方面应该按照监管要求，制定相应的管理规范、市场约束机制和应急安排。

2. 打造和谐共生的 5G 金融生态环境

5G 金融生态环境的好坏主要是指，科技公司与金融机构之间能否实现优势补充、互利共赢和协调发展。即便未来两者之间存在竞争，但更多的还是合作关系。这是因为，传统金融机构依然有自己的强大优势，科技公司即便能够凭借技术优势，提供金融产品和服务，但种类想要赶上专业金融机构，短期内不太现实。

所以，打造和谐共生的生态环境，对于5G金融的发展至关重要。一个可行的模式是，科技公司与金融机构合作成立新的机构，或者前者为后者提供技术服务，对传统金融业务进行流程改造、模式创新和服务升级，在传统金融无法覆盖的领域开辟新业务，推动金融业向纵深发展，从而促进金融领域更深层次的分工，而金融机构则可以将更多精力放在产品和服务的创新研发上，各司其职，抱团发展。

三、兼顾5G金融机构与监管部门之间的关系

当前，中国5G技术以及金融领域的部分产品和服务已达到世界领先水平，这些成绩的取得，与中国各级政府和监管部门实施开明的行业政策和监管制度密切相关。

2014年，政府工作报告首次提到互联网金融，之后政府工作报告多次提及互联网和金融科技，但表达方式不断变化。从2014年的“健康发展”，2015年的“异军突起”到2017年的“风险警示”和2018年的“健全监管”，以及2019年中国人民银行发布的首份全面金融科技规划——《金融科技（FinTech）发展规划（2019—2021年）》，反映了管理层监管思路的变化。

如今，互联网金融等已经发展成为新兴的金融产业，在我国经济发展序列中获得了稳固的立足点，受到政府的高度重视。在稳增长、防风险的主基调下，金融安全是整个金融业发展的主

题，是加强金融机构风险内控、加强金融监管统筹协调、进一步完善金融科技的主旋律。国家正致力于标本兼治地处理好金融风险的根源问题。

对金融机构来说，风控是核心竞争力。尤其是 5G 金融的发展过程中，处理好金融机构与监管部门之间的关系，显得尤其重要。

1. 应把握好强化监管与包容创新的关系

金融业是一个经营风险的特殊行业。多年来，我国金融业的外部监管相对严格，对避免出现系统性金融风险提供了坚实保障。但我们也要看到，创新是引领金融改革发展的第一推动力，是增强服务实体经济能力、防范金融风险的必要手段。从辩证统一的角度来看，加强监管与包容创新并不矛盾，当然，如何实现两者的平衡一直是一个世界性难题。在这一方面，我们可以借鉴先进国家的做法，运用一些新理念和新工具，创新监管模式，建立能够测试、检查和纠正错误的系统，使金融机构在风险可控的前提下探索和开展应用试验、产品测试和技术验证，让创新在有序、可控、包容的轨道上运行。

2. 监管者应主动学习掌握金融科技知识

随着金融科技的迅猛发展，包括人工智能、人脸识别、大数据等技术的大面积应用，金融科技也有可能成为金融机构逃避监管的工具。因此，监管者应该主动学习掌握先进的金融科技知识，对金融机构的所思所想，有清醒的判断和认识。一方面，先进的监管手段可以更好地服务于行业发展，提供监管效能，降低监管成本；另一方面，掌握最新技术，有利于防范金融机构进行监管套利，不至于被监管者做什么，监管者完全搞不懂。

目前，监管体系的标准由监管者研究制定。为防范道德风险，提升被监管者和社会大众的信心，监管部门还可以聘请独立的第三方机构进行监督。此外，政府监管部门应制定完整的行业技术标准，有效规范市场的准入和退出，为 5G 金融行业提供公平竞争的市场环境。中国的 5G 金融如果技术可靠、标准较高、发展规范，未来可以将相关制度和行业发展标准向全球推广，为全球提供发展样板和经验。

在 5G 金融的发展初期，监管部门可以为初创企业建立一个“监管沙箱”，让它们在大胆创新的同时，免受传统规则的限制。在初创企业找到合适的发展模式和产品市场并达到相当规模之前，无论是出于系统风险控制还是保护消费者的目的，对其进行严厉监管可能会扼杀其创新能力，因此，监管部门可以考虑分层次、有区别的监管措施，为 5G 金融的发展培育创新因子。

5G 金融时代，基于 5G 的泛在网和万物互联等功能特点，金融监管必须从制度监管转向职能监管。此外，监管的时间、地理空间的概念将被打破，从一个静态的区域、一个城市、一个节点走向跨区域和跨时区，甚至跨境监管。

四、兼顾金融机构之间以及与金融消费者之间的关系

目前来看，中国金融科技在全球处于领先地位，但同时也应解决金融机构之间发展不平衡、信息搜集与使用不对称、金融机构与科技公司实力不均衡、金融机构与金融消费者地位不平等、金融机构与监管部门信息不透明等问题。

1. 处理好相关参与主体之间的利益关系

5G 金融是一个比较大的生态系统，参与主体包括金融机构、监管部门、消费者、科技公司、中介机构、自律组织等，如何处理好参与主体的利益关系，涉及整个 5G 金融生态的良性互动和健康发展。其中，因为利益分配原因，金融机构和科技公司可能依然像 4G 时代一样，不愿意将蕴藏着巨大商业机会的核心数据拿出来共享，而消费者也担心自己的隐私泄露，成为各家商业机构竞争的牺牲品。这就要求由监管部门牵头，邀请各方共同协商构建一个更加公平合理的利益分配机制，消除彼此的不信任感，联合发力，才能营造一个可持续的发展环境。

2. 坚持做好金融消费者保护工作

近年来，中国在金融科技领域的发展成就有目共睹。面对 5G 金融等新业态，如何完善消费者金融权益保护规则值得探讨。从提高金融消费者福利、促进普惠金融的角度出发，建立创新的

政策工具，促进符合金融消费者利益的多重保护机制，显得十分迫切和必要。因此，政府监管部门要做好对金融消费者的保护工作，包括两个方面：一是严格监管，要求金融机构和科技公司在搜集和使用金融消费者的信息和数据时，确保绝对安全，否则予以重罚；二是金融机构和科技公司要把对金融消费者个人信息的保护放在商业利益之上。

如何支持真正意义上的金融创新，防范和控制金融业的系统性风险，充分考虑金融消费者的利益，是各国监管普遍面对的问题，这不仅取决于监管机构的远见和创新，还取决于监管体制、监管手段和监管手段是否足够先进。

3. 避免客户个人隐私外泄是重中之重

金融消费者个人隐私信息的保护怎么强调都不为过。一个尴尬的现实是，目前我国还没有专门的个人信息保护法。大多数法律只有零散的、原则性的规定，在实践中可操作性较差，而个人信息具有明显的人格利益和财产属性，建立完善的个人信息保护制度是保护人权和消费者权益的应有之义。未来，个人信息保护制度的立法核心，应当是对个人信息的优先自主控制，赋予当事人在信息来源上自主决定信息的权利，即每一个人的信息都有其独立决定的权利。无论是否涉及隐私，都需要尊重当事人的自决权或自主权。只要信息与个人有关，个人就有权决定是否、在何种范围、向谁公开以及如何公开。

在 5G 金融的推广发展过程中，基于 5G 的万物互联特征，物与人、人与人之间的信息交互随时随地都会发生。届时，如何界定金融信息的性质、如何搜集个人金融信息、如何处理个人金融信息等方面，都将面临新的挑战，这就要求监管部门和整个行业共同研究探索，建立一套科学有效的管理机制，为个人信息的合理利用提供制度保障。

5G 金融推广过程中政府的角色定位

从表面上看，5G 金融推广似乎是金融机构的事，是金融机构的一厢情愿。事实上，推广和利用 5G 金融是全社会的共同使命，也是政府不可推卸的责任。因为，5G 金融将大幅提高金融业的效率，从而提高金融机构的市场竞争力和盈利能力。同时 5G 金融也服务和反作用于社会经济发展，能使经济取得更大发展，让政府的经济职能得到了最大体现。因此，政府在推动 5G 金融的过程中，扮演着重要角色，发挥着重要作用，特别是在制定 5G 金融产业发展规划上，政府更是处于主导地位。

5G 金融的发展，政府应当具有高瞻远瞩的眼光、切实可行的政策目标和远大的战略愿景。具体来看，政府应从如下五个方面找准角色定位。

一、制定政策目标和战略规划

各级政府应勾勒好 5G 金融的远景蓝图，出台政策目标和战略规划，明确 5G 金融产业发展目录，做好 5G 金融人才规划，推进 5G 金融国际化，为 5G 金融的创新发展保驾护航。

1. 深化金融业体制机制改革

政府应根据 5G 时代的技术特征和金融业发展需求，建立适应 5G 金融发展的制度框架，完善相关产业顶层设计，建立容错纠错机制，在可控范围内允许风险尝试，促进容错纠错机制正常运行，全面推进 5G 金融市场化发展。明确市场主体责任，强化契约精神，降低道德风险，完善信用定价体系，推动形成有序的违约化解机制和程序。创新监管约束机制，建立基于区块链和智能合约技术的区域金融预警监测分析机制，探索“监管沙箱”等创新金融监管机制，鼓励金融机构开展 5G 金融研发试验和创新金融服务。构建联通国际的 5G 金融监管约束机制，加强与金融稳定理事会、巴塞尔银行监管委员会、国际证监会、国际保险监督官协会等组织的互动与合作。

2. 5G 金融推广要有全球视野

我国的 5G 金融在逐步建立起来并完善成熟之后，在推广过程中，必须具有全球视野，为人类发展提供公共产品。具体做法是，加强与政府间合作，鼓励中国优秀的金融机构和科技公司与国际金融组织、丝路基金、亚洲基础设施投资银行等具有国际影响力的机构合作，探索在“一带一路”沿线国设立分支机构；为走出国门的中国企业提供 5G 金融支持，引导更多社会资金参与 5G 金融建设，提高中国在 5G 金融领域的核心竞争力和国际声誉；对参与 5G 金融国际化建设的企业员工进行“穿透式培训”，确保做好风险管理和配套服务工作；通过政府引导、企业参与、科研合作等方式，拓宽 5G 金融的广度和深度，打造领先全球的 5G 金融服务体系。

3. 打造 5G 金融科技人才高地

为了打造 5G 金融人才高地，需要创新人才培养模式，构建人才激励体系，提高人才服务能力，探索建立 5G 金融人才业务培训和职业教育，建立“政府为本、市场为导向”的运作机制，提高 5G 金融人才素质。同时可以建立 5G 国际金融人才服务中心，实施国际高层次金融人才储备战略，特别要为国际金融人才提供签证、居住、金融支持等一揽子服务，为 5G 金融在全球范围内的顺利推进提供良好的人才支撑环境。

二、做好 5G 金融的行业管理

当前金融安全是国家战略，已成为国家安全的重要组成部分。同样，发展 5G 金融也要以保障金融安全作为底线和红线。监管当局要着力构建和维护 5G 金融监管基本规则体系，制定制度措施积极鼓励和支持 5G 金融发展。主要包括四个方面。一是要强化金融安全监管。要加强 5G 金融技术应用与管理，研究制定 5G 金融、人工智能、金融大数据等技术应用规则，提出技术框架、金融安全管理和业务持续性管理要求。二是要引导 5G 金融机构合理使用信息技术，纠正一些机构“滥用技术”或者非法使用技术的乱象，要加强 5G 金融信息的安全保护，建立覆盖 5G 金融信息搜集、传送和使用等各个环节的保护机制。三是加强 5G 金融创新产品管理，通过社会宣传和行业备案，形成自主管理、行业自律、政府监管相协调的 5G 金融治理格局。四是加强 5G 金融交叉性领域的管控，5G 金融涉及金融、科技、信息各个领域，要建立“谁家的孩子谁家抱，谁家的问题谁负责”的监管机制，提升对系统性、交叉性金融风险的防范化解能力。

要强化政府、监管者与业界的合作和互动，为 5G 金融全面推进提供巨大的社会动能。政府、监管者与 5G 金融企业之间的关系应该是合作、互动、共建的关系，只有这样，才能相互理解、相互帮助，跟上技术、业务、监管创新的步伐。同时，传统金融企业也要与 5G 金融企业建立合作、互动与共建的关系，其实质就是让金融市场、金融机构和金融服务向数字化、智能化转型。这是一场科技与金融相互依存、相互促进、互利共赢的革命，政府可以通过制定相关法令、法规、规章制度，以达到解决 5G 金融遇到的各种困难和问题，帮助行业稳定持续发展的目的。

政府要积极主动地在 5G 金融行业发展和监管上发挥重要作用，为 5G 金融全面推进“保驾护航”。市场是不完整的，特别是在 5G 金融发展过程中，政府和监管机构的作用非常重要，包括营造企业成长、公平竞争的良好环境。

营造宽严相济的监管环境，鼓励 5G 金融创新，防范 5G 金融风险。一是可以通过对金融产品的早期干预，改变 5G 金融产品消费者权益保护不足的现状。有关部门要制定 5G 金融产品合同、个人信息保护和损失赔偿的干预标准。二是要求 5G 金融机构制订创新产品的消费者保护计划，并由监管部门备案。三是严格监管不符合消费者保护要求的金融产品，及时要求变更产品设计、限制销售，甚至禁止上市等，有效遏制市场的各种假冒伪劣 5G 金融产品，使金融消费者能够享受真正的 5G 金融服务。

三、政府要实施生态战略

政府要实施生态战略，大力培育、凝聚关键生态要素，为 5G 金融全面推进提供更多有效的社会力量。

1. 建立 5G 金融产业中心和研发中心

整合学术资源和科研力量，与高校和专业机构开展产学研协作，大力支持国内外金融机构在当地设立研发中心和海外合作研究机构。探索利用新兴科技改造和创新 5G 金融产品和商业模式，定期举办国内外 5G 高端金融论坛，形成研究合力，打通产学研渠道，营造良好的 5G 金融发展氛围。

2. 优化成果转化渠道，抢占市场制高点

长期以来，我国高校和研究机构的科研成果转化率不高，为了改变这一现状，可以考虑设立 5G 金融产业发展基金，为 5G 金融技术的研究和转化提供资金支持。

3. 鼓励 5G 金融机构开展知识产权证券化业务

以专利、商标、著作权等知识产权为基础，通过重新包装、信用评估、信用增级等方式发行有价证券，实现知识产权证券化，使知识产权人获得更多的资金支持。

4. 建立成果转化平台

为了加快 5G 金融成果产业化进程，可建立产业成果转化平台，不断更新成果转化清单，不断积累产品转化经验，畅通产品转化渠道，优化资源对接流程，以大数据和人工智能促进平台的智能化运行。

四、支持 5G 金融初创企业

5G 金融的发展离不开科技企业的支持，科技企业会经历初创期、成长期、成熟期等不同时期。对于不同成长阶段，政府扶持策略应该是不同的。对 5G 金融科技企业来说，政府可根据企业对 5G 金融发展的重要性，选择部分行业企业进行扶持。政府扶持的重点应放在 5G 金融科技型企业初创阶段。

政府的扶持方式也可以是多种多样的，比如出台激励政策，提供税收优惠措施，加快或者简化相关项目的审批流程，鼓励金融机构投资入股或发放信贷等。

1. 完善 5G 金融生产要素市场体系和信用体系

生产要素市场体系包括劳动力、产权、技术等市场，是金融、技术、产权等各类要素登记、抵押、流通、交易的场所。为了促进 5G 金融创新，要加快 5G 金融产权和股权、知识产权和资源要素市场的发展，探索和优化 5G 金融要素市场准入门槛。同时，金融的本质是信用，良好的社会信用体系是金融体系持续有序运行的基础，在 5G 万物互联时代尤为重要，政府部门有责任建立一个值得信赖的安全且全方位的信用体系。

2. 通过税收减免等方式来支持 5G 金融初创企业

从一些西方发达国家支持科技金融发展的经验来看，政府部门在促进 5G 金融运用和发展的过程中，更多的是采取了税收减免措施来鼓励技术研发者和市场参与者。例如，美国除了联邦政府推出的分阶段税收优惠政策外，美国超过三成的州政府也制定了相关税收优惠政策，鼓励天使投资金融科技。因此，通过税收减免支持 5G 金融初创企业是值得我国借鉴的。

同时，政府还要促进财政资金与社会资本相结合。政府部门既可以通过行政拨款的方式支持科技企业专项攻关、国家基础研究以及前沿关键技术研究，还可以通过财政资金设立“政府性基金”撬动社会资本，共同支持 5G 金融科技成果的转化。如各级政府可以为促进 5G 金融新业态、新技术而设立政府性基金，包括风险投资引导基金、产业投资基金等，可以通过阶段性的参与和跟踪，引导社会资本。政府部门还要推进财政贴息与信贷支持相结合，财政贴息可以有效缓解初创企业融资成本高的难题。5G 金融发展目前还处于起步阶段，诸多和 5G 金融相关的小微企业也处于起步阶段，这些企业普遍存在现金流不稳定、信用风险较高的问题。金融机构会从风控的角度对资金的使用给予更高的定价，价格可能会超过企业的负担，在这种情况下，金融折价使得资金的价格能够为供求双方所接受，从而达到金融交易的目的。因此，可以采取信贷贴息和纯信用贷款的方式解决企业融资问题，帮助一大批创业企业完成金融机构“首贷”，并对银行发放的信贷给予优惠。

五、处理好政府管理的边界问题

在 5G 金融推广运用中，既要发挥政府的职能，又要防止因政府过度干预而阻碍市场运行，降低运行效率。因此，政府角色必须有合理的边界，即政府必须有所为或有所不为，选择在具有比较优势、市场机制无法落实的领域发挥作用。一旦超出界限，可能会导致市场机制受到干扰，阻碍行业发展。因此在 5G 金融推广中，哪些领域政府应该参与，哪些领域应该让市场充分竞争，需要做出理性抉择。简而言之，5G 金融能否得到顺利推广，取得实效，政府和市场的关系必须处理好，要在关键时候充分发挥政府“有形之手”的作用。

总之，5G 金融将给全社会和各行各业带来巨大的经济效益，将惠及作为经济活动骨干的中小微企业和普通民众。我们有理由相信，在国家战略的指引下，在相关参与各方的共同努力下，中国的 5G 金融必将迎来更好更快的发展局面。

第五章

5G 金融时代前景展望

5G金融时代的前景预测

2019年为5G商用元年，不仅中国宣布发放5G商用牌照，其他主要国家也纷纷开始了5G的推广，并希望5G在未来生活中发挥重要作用。据2018年7月6日通信人才网消息，全球5G发展进度排名出炉，中国的5G商用进度排名世界第一。此外，不少国家在频谱可用性、许可和部署计划，以及旨在简化5G基础设施规划流程方面提出建议，使有利的移动选址和许可政策方面都有了明确的发展规划或方向，该排名1~10位依次为中国、韩国、美国、日本、英国、德国、法国、加拿大、俄罗斯、新加坡。这表明，在5G的推广应用方面，已进入较为激烈的竞争状态。

本部分内容将重点关注5G金融的未来前景，并做出大胆预测。由于5G将给金融业带来巨大而又深刻的影响，并且这种影响是前所未有的，所以可以说，从1G时代到5G时代，既是一部移动通信技术的进步史，也是一部金融业化茧成蝶的发展史。

众所周知，从1G时代到4G时代，虽然只有短短的几十年，但给金融业带来的改变有目共睹。1G时代和2G时代，金融业的信息传播、资金流通和监管，都是通过邮电系统拍发加密电汇，或通过邮局挂号加密信汇这两种形式实现的，这个时间大约是从新中国成立之后至 20 世纪 90 年代初。当时金融行业的特点是资金往来慢，除了电汇稍快一点之外，一般信汇需要较长的时间，县内一笔跨乡镇的资金汇划，如果是同一家银行大约需要 1 天时间，如果是另一家银行则大约需要 2 天时间，跨县资金汇划需要约 2 天时间，跨省需要 3~4 天时间。

而 3G 和 4G 时代，随着移动通信技术的巨大飞跃，这一二十年金融业的信息传输及高效快速的资金流动是过去几千年都无法比拟的。从寻呼机、大哥大，到智能手机，跟随着每一轮通信技术的迭代步伐，商业银行、保险公司、证券公司等相继成立了科技部门，专门负责信息技术的开发利用及风险防控，银行、保险、证券等传统金融业纷纷拥抱互联网与大数据技术，以提升自身办事效率为前提，不断分析用户数据、挖掘用户需求，从而实现智能决策与精准营销。同时，金融机构也借助人工智能、大数据、云计算等核心技术与诸多应用场景融合，可实现贷前、贷中和贷后的全流程风控服务，帮助机构提升风控效率，并在国际金融安全比如反洗钱、反欺诈方面积累了一定的经验。

与此同时，先进的移动通信技术帮助金融机构为客户提供一站式企业应用信息化系统服务，帮助其零门槛搭建自己的移动平台，让金融服务变得更加简单化、普惠化、智能化和个性化。此外，4G 还催生了各种新兴金融业态，互联网投资理财平台及

P2P 平台等如雨后春笋般涌现，极大地丰富了民众的金融生活，开辟了新的投资渠道。目前，国内大型的互联网投资理财平台主要有陆金所、人人贷、积木盒子、京东金融、理财通、苏宁金融等，不少平台还具有国企背景。其中，P2P 平台的迅猛发展更是形成了中国金融发展史上的一大奇观。据行业门户网站网贷天眼统计，截至 2017 年 12 月 31 日，我国 P2P 平台数量达 5 382 家，在运营平台 1 751 家，累计问题平台达 3 631 家。此后，经过近两年的清理整顿，不少平台平稳退出，还有一些平台关门跑路，P2P 平台数量锐减。据相关机构统计数据显示，截至 2018 年 12 月底，正常运营的 P2P 平台仅剩 1 082 家。

最令人自豪的是，我国第三方支付异常发达，成为闻名全球的中国“新四大发明”之一。很多企业为了获得第三方支付牌照及使用权，不惜花费重金。其中，美的耗资 3 亿元，唯品会花了约 4 亿元，小米付出了约 6 亿元的代价，甚至绿地、滴滴等不同行业的巨头，也纷纷加入支付牌照的争夺战。

在第三方支付公司中，支付宝依托阿里巴巴各个电商平台的巨大流量，财付通依靠腾讯产品国内占有率第一的天然优势，银联在线、银联商务两个“国字号”品牌凭借政策优势，形成了巨大的竞争红利。其他如快钱、百度钱包、京东金融、易付宝、拉卡拉等机构，依靠自己的优势，也在市场上站稳了脚跟。

5G 金融时代到来之后，由于 5G 具有高速度、低时延、万物互联等诸多特点，因此，从 4G 到 5G，并非移动通信技术的简单换代升级，而是一次质的飞跃。由此，线上线下的界限将更加模糊，互联网入口将大大拓宽。与此同时，数据的生产、传输和计算的效率，将呈指数级上升，人类有望进入一个真正意义上的大数据时代和人工智能时代，智能家居、智能交通、智能制造都将成为现实，智能金融将水到渠成。尤其是，面对正在到来的全球化 4.0 时代，金融机构将继续坚持科技创新，以研发更智能、更高效的金融服务和产品为使命，为金融行业的发展与变革提供新动能。

从金融业的发展历史和移动通信技术的发展历程来看，5G 金融时代，金融业将呈现与当前不一样的巨大变革，这些变革具体有以下四大方面。

一、金融业的传统经营模式将被颠覆

随着 5G 金融的全面推广，必将引起金融业的“核裂变”。以银行为例，未来银行机构的信贷业务、存款业务及其他中间业务都可以通过 5G，在线上及时完成，客户无须亲自到银行机构的固定营业场所办理。当然，有人会说，这些情况 4G 时代已经有了，比如通过手机银行买卖理财产品、转账等，但必须指出的是，4G 时代的线上金融服务是相对低级的，功能不够强大和完善，而且很多业务仍需去现场面审，比如开户和销户。也就是说，目前的部分线上服务，仍然无法满足金融消费者的全方位金融需求，不少方面离金融消费者的需求还有较大差距。而基于5G 催生的 5G 金融，将使信息流、技术流、资金流等方面实现革命性飞跃，可以在很大程度上弥补 4G 时代的种种不足，消除银行产品和服务的几乎所有漏洞或缺陷。

5G 金融还具有越来越丰富的场景，可为金融消费者提供极高的数据传输速率和极高的流量密度，不仅可减少网络延迟导致的交易卡顿问题，AR/VR 技术还可将金融服务的覆盖面大大拓宽和延伸，消除金融服务盲区。同时，5G 金融将针对物联网业务低功耗、低时延、高可靠的场景，多维度获取人、物、企业的海量数据，进一步优化供应链金融、信用评估、资产管理等相关金融服务，探索出更多的金融服务。此外，5G 金融的出现使金融门店的选址和呈现形式发生变化，未来，5G 信号的覆盖更加绵密，将不会出现偏僻地方无信号的情况，因为信号随处都有，金融机构可以在任何有需要的地方开设门店。同时，门店也会越来越微型化，甚至无人值守。这样一来，能使现有银行、保险、证券及其他金融组织的服务功能更加丰富、服务触角更加延伸、服务范围空前提高，不同地区的不同人群都有可能是某一家金融机构的服务对象，金融服务将打破区域限制，变得无处不在。

二、业务经营将从有形转向无形，服务效能将空前提高

5G 金融时代，凭借更加先进的技术手段，金融业为客户提

供的产品和服务将出现爆发式增长。比如，一家企业在 4G 时代只能生产一两个有代表性的产品，而 5G 时代可以生产大量不同品种的产品，因为 5G 能使企业的信息获取能力、研发能力、对市场的反应能力大幅提高，从而成为“超级工厂”。同时，4G 时代金融机构的服务能力受到信息局限性、固定营业场所以及对客户信息掌握程度等的限制，依然存在信息不对称、反应不及时等问题，这对金融业拓展新的服务带来了困难。而万物互联的 5G 时代，金融机构、消费者、市场状态等都可随时产生交互，金融机构不必非要通过固定营业场所和工作人员就能获取所需的一切信息，为金融消费者提供个性化的金融服务。

未来，金融机构绝大多数业务可通过线上进行，线下网点和人工服务会越来越少，智能终端会替代大部分人工服务。而且，随着 5G 金融的不断优化，将促使金融服务方式发生转变，金融机构的网点变得更小并无处不在，也将无所不能，无论你在家，还是在茶馆、咖啡店、桑拿洗浴场所，金融机构安装一台智能终端设备，你就能根据自己的需要办理自己的服务。可以说，金融消费者足不出户就能享受银行的各种金融服务。

因此，我们可大胆设想，现有银行机构传统物理网点 90% 以上或基本消失，银行工作人员至少可裁员 80% 以上，并且银行服务成本将会大幅降低，银行经营效益将会大幅提高。同理，在保险领域，现有的保险物理服务网点会大面积消失，保险营销员的数量也会大大减少，保险公司的理赔能力、盈利能力也会获得提高。在证券业，证券公司的营业部将逐渐不复存在，现在到处拉人开户的经纪人也会大幅缩减，效益也将大幅提升。当然，这些变化肯定不会在一夜之间就完成，而是有一个逐步的演进过程，考虑到技术革新的速度大大加快，物理网点的消失长则 10 年，短则四五年。

三、差异化、个性化的金融服务将越来越多

由于 5G 的万物互联特征，使 5G 金融时代的金融业能够为客户提供全方位的服务。加上未来央行征信系统的完善，个人的身份信息的丰富，金融机构可根据每个人的信用状况、财产状况和收入状况，提供具有较大差异性的个性化金融服务。届时，银行、保险、证券等机构可给不同客户提供具有个人特色的金融服务，包括投资理财建议、个人资产配置、家庭资金杠杆率等方面，而客户也有可能不再有一般普通客户和 VIP（贵宾）客户之分，客户身份尊卑差异有可能消失。因为现在银行给客户提供的服务是需要消耗一定的服务成本的，资产规模小、收入低的客户在银行消费，给银行带来的增值效益较低，银行在给他们提供服务时消耗的成本与所得的收益不成正比，这也就是当下银行为何出现 VIP 客户服务专柜和一般客户服务专柜的原因。5G 金融来临后，金融机构服务高净值客户与一般客户所消耗的服务成本都将大大降低，使金融机构能够在金融普惠方面倾注更大的精力，

真正做到一视同仁。

四、金融机构对风险的把控能力将空前提高

5G 金融时代，金融机构基于万物互联的功能特点，能够洞悉辖内更多金融市场发展动态、金融客户信用状况及金融需求能力。我们不妨用望远镜来打一个浅显的比方，4G 时代如同一架 50 倍的望远镜，功能单一，只能用于望远，它可以将 5 公里之外的东西放大并看得清清楚楚，发现那儿的一切状态，比如房屋建筑情况、路上行人的穿着及脸部表情，可大致对当地民众的生活状况做一个初步的判断，但却不能捕捉其他信息。而 5G 时代，可以让这架望远镜的瞭望功能大幅提高，这样不仅可能将 5 公里之外的景观景物及居民生活状况观看得非常清楚，还可看到 50 公里甚至更远的地方的景观景物，最关键的是，这个望远镜还具有自动拍摄功能及信息搜集功能，使用者可通过这些新增的功能对观察目标做出精准的掌握和预判，然后根据掌握的情况，提供准确的服务方案。

5G 金融也正如上面这架高倍望远镜，金融机构可依据 5G 对客户的消费能力、消费倾向、信用能力等进行有效筛选和准确判断，使得自身的产品和服务更加符合对方的需求，而不是把超出对方需求和风险承受能力的产品错配给对方。对银行来说，5G 金融可以让信贷投向更精准，大幅降低不良率，实现信贷资

源的优化高效配置。

同时，5G 金融可以让金融监管部门和金融机构对风险的识别能力和判断能力大大提升。比如，证监会对拟上市企业的经营质量、财务风险、管理能力等更加清楚，上市企业的欺诈行为会大幅减少，资本市场的生态将更加健康，而投资者也不必担心会被蒙骗，可以将更多精力投入在筛选符合自己需求的目标公司上。

总之，5G 金融时代，金融监管更加高效透明，金融机构和用户之间的依存度、信赖度将大大增强，实体企业获得金融支持的力度也将得到提高，企业“融资难，融资贵”的困局有望得到有效破除。与此同时，5~10 年甚至更短的时间内，人类或将进入 6G 时代。届时，金融业将会是另外一番景象，部分传统金融业务将消失，而更多新的金融业务将被催生出来，人类金融业将迎来更加辉煌灿烂的明天！

5G 金融时代的全球格局

5G 金融不是几个单一国家享有的专项福利，而是属于全人类的“大蛋糕”，全球各个国家及民众都有公平公正分享的权利，而且 5G 金融也将是全方位、开放式的，没有一个国家、一个组织有能力阻止其向全球的扩展。

但是，5G 金融的发展具有分布和发展的不平衡性。因为全球各国的经济发展存在巨大差别，经济实力迥异，在 5G 的投入上具有相当大的差异性，这也导致5G金融的发展水平千差万别。目前，有的国家已在5G方面投入了大量的人力、物力和财力，在5G推广上已取得了初步成效，一些发达国家的5G商用率已达到了相当的规模，5G金融也已初露端倪，但大多数发展中国家的5G开发才刚刚起步，5G金融还处于萌芽状态，同时，贫穷国家的5G开发可能尚未纳入政府经济发展规划，5G金融还无从谈起。

很明显，5G带来的金融革命，是科技与经济发展高度融合的产物，正如人类从蒸汽机时代进入电气时代再到信息时代一样，每一次的产业革命都是人类追求更高生产效率与经济发展水平的结果。各国的自然禀赋不同，经济发展水平不同，5G金融的发展有先有后是必然的。目前，因为5G才刚刚进入商用阶段，5G金融的发展尚处于早期阶段，要想抢占5G金融的战略制高点和话语权，前提是掌握5G技术和拥有强大的经济实力。随着5G时代的到来，各国政府纷纷将5G建设及应用发展列为国家优先目标，而5G金融也必将成为下一轮大国竞争的新战场。

5G金融与5G休戚相关，其全球格局大致分成三大阵营。中国、美国、日本、德国、韩国、英国、法国等国属于第一阵营，因为这些国家在5G领域的投入与研发力度较大，尤其是中美两国更是遥遥领先。据全球信息提供商IHS Markit的预测，2020—2035年，5G对全球GDP的贡献将达2.1万亿美元，而在5G研发支出方面，美国和中国有望在未来16年，主导5G研发与资本性支出，两国将分别投入 1.2 万亿美元和 1.1 万亿美元，两者合计占全球 5G 投入的 52%，大规模的投资无疑将对两国 5G 金融的加速发展起到重要作用。澳大利亚、巴西、印度、俄罗斯等国属于第二阵营，已经启动了 5G 研发规划，政府也已投入了一些财力、物力和人力，5G 金融研发刚开始起步，但目前成效并不明显。非洲、中美洲、南美洲及亚洲的一些中小国家属于第三阵营，因为经济实力较弱，市场较小，目前在 5G 投入上相对滞后，大部分国家尚未或尚无能力启动 5G，5G 金融还比较遥远。

具体到主要国家，目前的大致状况是美国政府对 5G 网络无线电频率进行了分配，2018 年实现了全面商用，5G 金融取得了长足的发展。俄罗斯虽然在 5G 方面的研发有较强的实力，但面对巨大的投资成本，就当前该国经济局势而言，显得心有余而力不足，全面商用很难很快实现，5G 金融发展迟迟迈不开步伐。日本在 5G 研发及投入上比较给力，拟以 2020 年东京奥运会及残奥会作为发展 5G 的重要战略推力，日本运营商已在以东京为中心的大部分地区启动了商用计划，并决心在 2023 年将 5G 推向全国各区域，随着 5G 的大面积推广，日本的金融业也将全面布局。欧盟也不甘在这场全球 5G 盛宴中败下阵来，早在 2012 年 11 月，欧盟就已启动总投资达 2 700 万欧元的大型科研项目 METIS（构建 2020 年信息社会的无线通信关键技术），用于研发 5G，2017 年初就已确立了 5G 发展路线图，列出了主要发展规划，欧盟电信委员会成员国代表拟计划到 2025 年在欧洲各城市推出 5G 发展布局，据此，预计欧盟的 5G 金融将在 2020 年后进入实质性实施阶段。韩国国家虽小，但经济实力雄厚，其 5G 商用化处于领先地位，在 2017 年初，该国两大巨头韩国电信（KT）和爱立信以及其他技术合作伙伴宣布联合开发 5G 战略，在 2018 年平昌冬奥会进行了 5G 首秀，各大电信营运商提高了首个大范围的准商用服务，预估韩国大范围的 5G 金融推广也即将纳入议事日程。

巴西虽然经济处于落后状态，但面对如火如荼的 5G，它也不甘示弱，先后与多国签署了技术发展协议，以期共同发展 5G，并且巴西在 5G 研发上取得了不小成就，有能力进行 5G 的投资、开发与深层次的研究。如果不出意外，5G 金融或将在拉美地区开花结果。澳大利亚在 5G 发展上紧跟全球发展步伐，政府高度重视，决心加速推动 5G 网络标准的建立和网络系统升级。而且，由于经济实力较强，目前该国已与谷歌、微软和高通等多家顶级科技公司沟通，希望参与和推动全球 5G 网络标准的制定和技术开发，对拟议中的 5G 标准做出修改，以保证新标准适用于澳大利亚，对于澳大利亚金融业来说，推广 5G 金融战略也是指日可待。

一、中国 5G 金融发展现状

对于 5G 发展，中国一直高度重视，在政策上给予大力倾斜。

2017 年，政府工作报告指出：“全面实施战略性新兴产业发展规划，加快新材料、人工智能、集成电路、生物制药、第五代移动通信等技术研发和转化，做大做强产业集群。”这是政府工作报告首次提到第五代移动通信技术，政府工作报告专门提到 5G，体现了国家对于发展 5G 的决心。2017 年 11 月，工信部正式发布了 5G 系统频率使用规划，将 3.5GHz、4.8GHz 频段作为我国 5G 系统掀起部署的主要频段。2018 年 3 月 2 日，工信部又提出进一步加快 5G 系统频谱的规划进度，除了中频段指标之外，还提出毫米波、物联网、工业互联网、车联网的技术指标。2018 年 3 月，在十三届全国人大一次会议上，国务院总理在发表政府工作报告时提出，加大提速降费力度，2018 年取消流量漫游费，移动网络流量资费年内至少降低 30%。从政府层面引导降费以及改变收费方式，有利于倒逼通信产业链上各环节加速提高运营效率、提升网络供给能力，同时资费降低还能带来流量增长，并推动需求升级。此次降价的总体要求将促进对 4G 剩余空间的渗透，为 5G 时代的商用奠定市场认知基础。

正是由于中国政府极为重视 5G 的发展，给予了较好的发展政策，为 5G 的发展与全面推广使用营造了有利的环境，才使得我国通信基础设施在全球处于领先发展地位，更使得我国在 5G 的基站建设上在全球首屈一指。前瞻产业研究院发布的研究报告显示，中国在政府大力推动下，5G 产业正迎来更多政策红利，关键技术加速突破，使得中国在推进 5G 方面处于领跑地位。目前，中国的 5G 研发已进入第二阶段试验，预计中国在 2020 年将部署超过 1 万个 5G 商用基站。

另据 2019 年 7 月 17 日新浪科技披露，在以“5G 商用　共赢未来”为主题的 IMT-2020（5G 的法定名称）北京峰会上，中国移动研究院院长张同须表示，中国移动计划到 2019 年底在 50 个城市建设 5 万个 5G 基站，并且中国移动建立了五大行业联盟，包括多媒体创新联盟、飞联网联盟等，通过 5G 联创共同推动 5G 垂直行业的融合。而且，中国已涌现出掌握世界核心技术的信息通信企业，比如华为领跑中国 5G 发展，华为是全世界 5G 标准提案最多的公司。华为不仅在基站建设方面舍得投入，在人才引进方面也肯花大钱，据中国移动 2019 年 5G 建设主设备租赁单一来源采购结果，华为取得 5G 基站租赁订单 250 站，占采购总数量约 50%。此外，目前华为的 5G 相关专利数量在全球排名第一。中国在 5G 方面的高速发展，无疑为我国 5G 金融的发展打下了坚实的基础。

近年来，我国银行机构也纷纷加入数字化转型大军，持续加大对金融科技的投入和应用，纷纷布局 5G 金融。正如银保监会主席郭树清指出的那样，如今所有金融科技公司都与大中型银行结成了合作伙伴关系，其他银行也大力发展金融科技，与科技公司在资金筹集、账户开立、支付结算、普惠金融等方面开展全方位的合作，效果十分显著。

目前，我国 5G 金融发展的大致情况是，随着 5G 的快速推进，5G 金融获得了金融业的广泛重视和高度认可，各大金融机构也正着手布局，意欲占领 5G 金融的战略制高点，竞争已拉开帷幕。

据 2019 年 3 月 12 日《今日建行》消息，中国建设银行与中国移动通信集团举行了“5G 联合创新中心合作备忘录”签约仪式，双方将通过金融领域和通信领域的结合，以金融科技推动业务创新，降低金融领域风险。双方将利用 5G 网络具备高速率、大带宽、低时延的技术特点，在机房无人机巡检、钞箱运输路径监控等方面开展合作，以金融科技推动业务创新。双方计划在无人银行的 5G 使用上深度合作，进行场景融合，实现共赢。建设银行表示，希望通过与中国移动在 5G 方面的联合创新，共同探讨新型零售网点的模式，将金融服务嵌入人民生活中，构建建设银行在 5G 时代的金融新生态蓝图。同时，双方拟充分发挥在通信和金融领域的资源、技术及市场优势，促进通信与金融的深度融合，这对双方在 5G 领域投入研发资源、加速技术与产品成熟、共同提升金融科技的核心竞争力具有重要意义。

2019 年 3 月，中国农业银行官网专场校园招聘信息显示：该行始终高度重视金融科技创新，不断加强战略布局和顶层设计，在移动互联、大数据、人工智能、区块链等新兴技术应用领域的创新能力位于同业前列。依托城乡联动、点多面广、客户资源丰富的传统优势，中国农业银行正在按照“互联网化、数据化、智能化、开放化”的思路，以客户为中心，以金融科技和业务创新为驱动，积极推进产品、营销、渠道、运营、风控、决策等全面数字化转型和线上线下一体化深度融合，全面加强人工智能、大数据、移动互联、区块链、云计算、信息安全等技术与金融业务应用场景的快速融合创新，着力打造客户体验一流的智慧银行。

据 2019 年 4 月 4 日《证券时报》报道，工信部部长苗圩与中国银行董事长陈四清签署《推动制造业和通信业高质量发展战略合作协议》，双方将加大金融对制造业和通信业高质量发展的支持力度，进一步深化产融合作，加快先进制造业发展，推动传统产业优化升级，培育先进制造产业集群，服务民营企业和中小企业发展，加快推动 5G 商用部署，推动制造业和通信业高质量发展不断取得实效。5 月 31 日，中国银行“5G 智能 + 生活馆”在北京正式开业，中国银行方面表示，该网点是银行业首家深度融合 5G 元素和生活场景的智能网点。其实，这并非第一家银行尝试在物理网点中引入 5G，截至 2019 年 6 月，工商银行、浦发银行都已对外宣布推出 5G 网点，建设银行也透露计划在 2019 年底之前在京推出 10 家 5G 科技无人银行。

在智慧转型方面，工商银行金融科技部总经理马雁 2019 年 7 月底在接受《中国证券报》记者采访时表示，工行正全力推进 ECOS（企业级、客户、开放、智慧）这一核心工程建设。ECOS 工程的核心理念是，建立金融与科技高度融合的全新生态体系，以新科技支撑新生态，实现全行智慧银行战略转型。目前，

ECOS 工程整体进展顺利，整合构建覆盖“全客户、全渠道、全领域”的全新生态化业务架构完整视图，为 IT 架构落地实施奠定了良好基础。另据 2019 年 6 月 11 日工行董事会发表的公告，2019 年 6 月，该行就发布了关于推出 5G 智慧网点的公告，并在江苏省苏州市正式推出首家基于 5G 应用的新型智慧网点。5G 智慧网点将以 5G 为依托，秉承“金融与科技融合、金融与生态融合、金融与人文融合”的理念，通过深度集成和整合大数据、人工智能、生物识别等金融科技手段，建立客户与金融服务场景的紧密纽带，有机联结服务引导、产品营销、业务办理、运营管理等各环节，并通过与各类客户的紧密合作，构筑多元化金融服务中心，打造覆盖周边区域的泛金融服务生态圈。下一步，该行还将深入推进智慧银行建设和渠道转型发展，促进银行渠道与客户服务、普惠金融和前沿科技应用的有机融合，持续推动商业银行经营业态转型和客户服务体验提升。

此外，其他中小金融组织和非银行金融组织也在加速布局 5G 金融。据 2019 年 4 月 18 日新浪科技消息，百度与中国电信宣布达成全面战略合作。双方将在智慧家庭、智能云、智能连接及搜索、智能驾驶、5G 等领域展开深度战略合作。百度董事长兼 CEO 李彦宏表示，百度与中国电信将以全面战略合作催生“化学反应”，不仅在产业层面释放深刻影响，还将拓展出更多基于人工智能的全新通信应用场景。依托百度在人工智能领域的优势地位，将有越来越多的智能场景落地，更多的智能场景意味着更多的金融入口，百度旗下的度小满金融有望在这场 5G 金融争夺战中占据先发优势。

与此同时，中国的保险、证券、信托、互联网金融等行业也着手布局 5G 金融。

二、中国 5G 金融应谋求全球战略定位

尽管目前中国在 5G 发展方面处于世界领先地位，5G 金融也进入实质性实施阶段，但中国在推进 5G 金融发展战略上，不能只着眼于中国，而要着眼于全球，既要充分有效吸收全球尤其是欧美日等在 5G 金融发展方面的成果，也要不断开拓出具有中国特色的 5G 金融发展新路，根据全球 5G 金融的发展动态、现状，不断调整优化我国 5G 金融发展思路，紧跟时代步伐，结合本国国情发展实际，从全球视野确定我国 5G 金融的战略方向、战略决策和战略理念，有效提高 5G 金融的核心竞争力，使中国 5G 金融发展引领世界潮流，掌握发展主动权，避免沦为“落后挨打”的局面。

为确保实现我国 5G 金融在全球的领先地位和战略发展目标，建议采取较为实际的政策措施。

一是中央政府可考虑成立国家层面的 5G 金融研究与领导机构，由工信部、国家发改委、央行、银保监会、大型商业银行总行以及已经获得 5G 商用牌照的四大公司等组成，负责推进制定

我国 5G 金融战略发展规划、5G 金融技术攻关难点、5G 金融产品研发、5G 金融风险控制等工作。

二是围绕“一带一路”倡议及打造人类命运共同体的理念做文章，除搞好国内 5G 金融的建设、推广与运用之外，与“一带一路”沿线国进行深度融合与协作，以 5G 金融作为带动金融与贸易全面走向世界的有效载体，鼓励有实力的中国金融企业将 5G 金融发展成果推向国外，大胆走出去，在国际上与其他国家展开全球竞争，让中国的 5G 金融融入全球经济发展新格局。

三是随时掌握全球 5G 金融发展动态，搞好与其他国家的技术协作与交流，做到互通有无，不断提升中国 5G 金融发展水平。为实现这些目标，中央政府可考虑设立国家专项推进基金或奖励基金，对于在推进 5G 金融方面有突出业绩和贡献的金融机构、科技企业和个人进行奖励，促进中国 5G 金融的不断创新与发展，使中国 5G 金融始终走在世界的前沿。

三、中国及全球 5G 金融发展面临的机遇与挑战

5G 金融因 5G 的大规模商用而得以实现，其带来的各种机会确实较多，发展前景也较为广阔，可深入和渗透到社会金融生活的方方面面，包括企业居民贷款、购买商业保险、投资理财等，都将出现 5G 金融的身影。在 5G 金融时代，金融产品和服务将放下高高在上的架子，走入每个人的生活，即便部分偏远地

区的人，也都能享受到丰富的金融服务，真正体现出金融的普惠性。

尽管如此，5G 金融可能存在的风险也不可小觑。因为 5G 网络传输的高速度、大容量，以及万物互联带来的海量数据，均需要金融行业有更强大的处理能力、识别能力，稍不注意，就有可能给金融业带来巨大的风险隐患。从目前来看，金融监管部门和金融机构虽然有相关的部门设置，并配置了专门人员，但其他业务岗位和条线能够懂得 5G 的人才并不多。对于大部分的金融业从业人员来说，虽然对于普通的传统风险已经烂熟于心，但对于 5G 金融时代新技术带来的新风险，还比较陌生，这就需要金融业必须加快专业科技人才的引进、培养与储备，部分人才的招录由懂金融业务向懂 5G 金融技术及操作的方向转变，使金融业能够及时跟上时代的发展，用科技的力量封堵 5G 金融可能潜藏的各类风险。

同时，金融行业自身也存在技术风险，一个是底层基础设施一旦遭遇攻击，将给整个金融体系运行带来系统性冲击；另一个是连接更多智能终端之后，网络安全问题必须提升到重要位置。而且，也要看到，当数据呈几何级增长之后，如何合理界定数据的使用范围，如何保护金融消费者的隐私权等，将面临极大的考验。关于 5G 金融时代的风险防控，我们将在第六章进行详细阐述，欢迎查阅，此处不再赘述。

总之，在 5G 金融时代，我们既要充满信心、放眼全球，也要脚踏实地、扬长避短、扎实推进，充分利用好最前沿的科技，把我国的金融业发展成具有国际竞争力的优势产业。

5G 将助推金融业跃升发展

5G 具有高速率、低时延、低功耗、泛在网等技术特征，5G 与金融业发生“化学反应”，催生出 5G 金融，而 5G 金融的诞生，势必会反过来对移动通信技术的发展产生牵引作用，加速移动通信技术的更新迭代。可以说，每一次科学技术的飞跃，都会给金融业带来重大的影响，尤其是 5G，其对金融业的影响将是一场颠覆性的革命，将助推行业向高端化、智能化、个性化方向演进。

那么，5G 对金融业到底会产生哪些影响，其影响的切入点到底在哪里？这些问题既是金融监管部门、金融从业者和社会各界关注的重点问题，也是一个亟须掌握的焦点问题。可以确定的是，5G 将助推金融业跃升发展，主要体现在如下几个方面。

一、让金融业认识到科技力量的重要性、紧迫性和必要性

现代金融业的竞争不再是低层次、高成本的消耗型竞争，而是高层次、低成本的智慧型竞争，也就是说依靠大规模的员工数量、分支机构数量来获得竞争优势的做法，在 5G 时代不再适用。

未来，金融业的竞争核心，将聚集在能否对市场动态及时掌握、对客户信息能否分析到位、对市场反馈能否及时反应、对客户需求能否提供适宜的产品等方面，而这一切，都要依赖先进的科技手段。而且，金融机构如银行从过去铺摊设点、打消耗战、拼人力的“小米加步枪”和“游击式战争”，到现在依赖科技的“大兵团”、信息化竞争，都是时代发展和科技进步的产物，是不以人的意志为转移的。这是从 1G 时代至 4G 时代，已被无数实践所证明且不容任何质疑的客观事实。

5G 时代，在信息传播、获取、分析、利用等方面，相比 4G 时代是一次质的飞跃。很显然，谁先布局 5G 金融，谁先加大在 5G 金融方面的投入与研发，谁就会在 5G 金融的较量中占据主动权，进而在市场竞争中占据先发优势，成为领跑者。反之，如果对 5G 时代的来临仍然麻木不仁，或反应迟缓、满足于既得的利益、不思进取、抱残守缺，并且让经营发展理念始终停留在“小农意识”状态，那么必然会落后于 5G 时代更快的发展速度，最后会失去市场，甚至有被市场淘汰出局的危险。毕竟，5G 时代的技术革新将比现在更快，即便你今天保持着巨大优势，几个月甚至几天后，对手就有可能研发出更受市场欢迎的产品，从而一举抢占市场。

所以，随着 5G 时代来临，整个金融业都必须革新观念，用发展的眼光看问题，充分认识到科技的强大威力，提升紧迫感、危机感和忧患感，将经营管理的重心转向围绕 5G 金融的技术开发与产品投入上来，围绕 5G 金融的推广与使用做文章，破除金融业发展过程中存在的认识误区，为金融业的未来发展铺平道路。

“春江水暖鸭先知”，作为现代经济的核心，金融业应该比其他行业更早感受到 5G 对自身的深刻影响。基于行业特殊的敏感性，各大银行、保险、证券、信托等机构纷纷着手布局 5G 金融，与相关科技公司签署了战略合作伙伴关系合约，在智慧银行、无人银行、人工智能等方面进行深度合作。对此，我们完全可以期待，这些合作必将很快开花结果，或许在不久的将来，人们现在还未想到的创新金融产品和服务将如雨后春笋般涌现。

二、5G 将给金融业的经营模式、发展方向带来颠覆性改变

5G 的低时延、低功耗等特征，将对金融服务场景进行再造与提升，客户将彻底改变对之前金融机构排队长、耗时多的传统印象，对金融机构的抱怨和诟病也将大大减少。届时，能够熟练掌握和使用 5G 的年轻客户，无须到门店现场办理业务，在单位、咖啡厅、车站等场所，只需一部手机或通过智能终端就可办理，而老年人或对高科技产品使用不熟练的客户，在现场办理业务也不用排队等待，功能强大的智慧机器人会一步一步引导你完成业务办理。可以设想一下，一位行动不便的老人需要办理开户手续，当他到达金融机构的门店时，门口的智能感应系统识别来人

是老人后，会立刻派出智能机器人迎接，并搀扶老人，然后询问老人需要办理的业务，机器人再带着老人走完所有业务流程。整个服务过程完全不需要现场工作人员进行干预。

随着5G和生物识别、影像识别、人工智能、语音分析、VR、流程自动化等前沿科技的大规模应用，未来金融业的经营发展模式将出现颠覆性改变。金融机构现有的经营方式会逐渐被淘汰，并诞生新的发展模式。比如，如今的证券公司为了提升业绩，会培训大量经纪人通过举办免费投资讲座、大面积发送短信、参与各种会议、找熟人介绍等方式，发展新的客户进行开户交易，从而获取交易佣金。5G金融时代，实力较强的证券公司可以依靠虚拟现实技术，向所有潜在客户展示公司的研发成果和以往投资产品的历史业绩，而这些潜在客户只需在手机上点开视频，就能对公司的历史和现状进行全面了解，再根据自己的需要和风险偏好决定是否选择成为这家公司的客户。

同时，金融业在发展方向上也会有很大的改变，金融业不再局限于线下业务，而是把更多的业务转向线上，通过5G将几乎所有的金融业务和金融产品推上线上。而且，金融机构在业务拓展上，发展客户的视野和范围不再局限于本地区，而是面向全国各地甚至是世界各地，远在地球另一端的某个岛国居民，都有可能会成为客户。到时，无须担心不同国家语言不同、交流不畅的问题，因为在线及时翻译系统会把地球上的所有语言自动转换，地球将真正成为一个“村子”。因为5G的万物互联特征，使金融业服务开始向“连接无感、服务无界、安防无忧、体验升级”等方向发展，可对人们的各种金融服务需求实现无缝对接，便民缴费、预约挂号、旅游出行等可实现“一站式服务”，使金融服务的社会化功能更加凸显。

金融的重要功能在于充当支付结算和资金融通的中介，5G 金融时代，在未来产品不断智能化、场景多样化、模式创新化的大背景下，第三方支付平台将获得更加广阔的发展空间，银行金融机构的转账服务功能有可能被弱化，金融支付的渠道更加多样化，整个金融领域的支付结算能力将得到极大的提高，资金运转将更加通行无阻，大额转账或周末转账要几天之后或经人工审核再到账的情况将不复存在。

此外，借助 5G，金融机构对信息的搜集能力将越来越强。比如银行可对贷款人的各种信息因素进行综合分析，对其进行全面评价，有效防范故意赖债不还行为，有效防堵信用违约风险。保险公司也是如此。以车辆出险为例，客户出现交通事故需要理赔时，不用保险员亲自勘查现场，只需要客户上传现场毁损照片、视频，然后保险公司根据该客户在整个金融系统的信息进行分析，比如有无恶意欠贷、诈骗等信息，就能判断其出险是正常行为还是恶意行为。如果是正常行为，即可马上做出定损金额，并及时将理赔款打至客户账户，完成理赔流程。

总之，5G 使金融机构可将金融消费者的个人信息等资料储存在云端，办理业务的时延低至毫秒级别，数据传输可实现无感知和无缓冲时间，能为消费者提供全新服务，绝大多数金融机构网点不需要工作人员，客户只需依据人脸识别和手机验证等方式，就能通过智能柜员机或手机端办理自己所需要的一切业务，极大地提高了客户办理业务的快捷性和方便性。尤其是，5G 将助推无人银行、开放银行、虚拟银行、赋能银行等现代商业银行运营模式的创新发展，开辟出一片广阔无垠的金融服务新天地。值得一提的是，未来还有可能出现交易密码和现金支付消亡，数字加密货币将得到广泛推广或使用。目前，我国央行正在着手数字加密货币的开发，这正是顺应 5G 金融的现实需要，在不久的将来，货币可能会从我们的现实生活中淡出。

三、5G 将为金融业创新金融服务产品提供技术支撑

5G 时代来临，为金融业创新金融服务产品提供了现实可能。目前，银行、保险、证券、信托、互联网金融等金融机构提供给民众的金融产品比较丰富，基本能满足消费者的金融服务需求，而且金融业在金融产品创新与开发上已达到了相当高的水平。但也要看到，目前金融业提供的产品，有不少还存在很大的缺陷。比如银行推出的金融理财产品让很多投资者看不懂，在发行时也存在故意误导等行为，在刚兑已被打破的现实语境下，可能会让部分投资者出现较大损失。同时，也有不少保险产品在设计上缺乏科学合理性，部分产品考虑消费者的利益过少，考虑保险机构

的利益过多，一些产品在风险承担上缺乏公平性与公正性，让保险消费者承担了过多的风险。而 5G 将打破信息不对称的壁垒，把金融产品设计得科学合理，也将让金融产品紧跟消费者的需求，满足不同消费者的随意性、及时性、多样性的个性化需求，除了批量生产的标准化产品之外，还必须能够开发一定数量的定制化产品。

这样一来，不仅提高了金融机构为消费者提供金融产品的准确度，更让金融机构在代客理财、资产管理、企业顾问等方面的能力空前提高，使银行自身的投资获利能力不断提升，获得更多企业和个人消费者的信赖，使金融机构与客户成为更加紧密而又相互促进的、休戚相关的利益共同体，最大限度地消除金融机构与消费者之间的权益纠纷，使各种金融维权案件大减，助推金融业的生态环境更趋健康。

四、5G 将极大减轻金融业负担，为金融业注入无限生机与活力

当 5G 广泛运用于金融业之后，万物互联的特点将让金融业通过多种渠道、各个领域获取海量信息，营业场所可以大幅压缩直至最终取消，金融机构的固定经营成本可进一步压缩，同时员工开支也将压缩到最低水平。而 5G 低时延的特点，可让金融机构节约大量的服务时间成本，把更多的时间和精力用来研发更切

合消费者实际需求的金融产品，从而提供更有效的金融服务。得益于营业成本大幅降低，服务效率极大提高，经营利润将获得大幅提升。可以预估，5G 时代，整个金融业的经营成本得比现在要降低三分之一以上，经营利润则有可能比现在至少提高三分之二以上。

更为重要的一个影响就是，随着大量的固定物理网点消失和大量的岗位人员被压缩，金融业将走上低成本消耗之路。尤其是银行业，将可保持较高的资本充足率，使银行的资本充足率满足《巴塞尔协议》规定的比例。加上盈利能力大幅提高，拨备覆盖率不断提高，其他坏账损失准备也会不断增加，银行业的整体抗风险能力会不断加强。尤其是，在万物互联的环境下，银行可给借款方安装智能感应器，如此银行就能掌握借款方的生产、销售、物流、存货情况，有效掌握企业信贷资金使用动向，防止企业转移挪用信贷资金，银行的信贷风险可降到最低水平。

五、5G 有利于解决金融业的顽疾，能有效遏制监管套利行为

5G 具有泛在网等技术特点，能使金融业的各种信息实时反馈至监管部门，由此，金融业的运行动态始终处在金融监管部门的有效监管之下，没有任何监管盲区。过去那种靠各种暗道攫取不正当利益和转移资金的做法将被封死，任何歪门邪道将不再灵验，层层嵌套、空转套利等行为将难以为继。

此外，基于5G技术，金融业的动态还可以受到企业及民众的共同监管，一家金融机构是否有充足的资金，资金的主要使用方向，以及其资金的宽松情况，企业和民众都了如指掌，有需要的企业和个人可根据金融机构的资金状况申请贷款及融资，做到有的放矢，金融机构想隐瞒实情以糊弄企业和贷款人的历史将一去不复返。由此，长期以来“融资难，融资贵”的老大难问题有望彻底解决。

六、5G 将促使我国金融业引领全球金融发展步伐，提高国际竞争力

当5G全面融入金融业后，能及时、准确地发现我国金融业自身的不足及缺陷，还能发现我国金融业与国外先进发达国家金融业之间的差距，并能迅速找到我国金融业未来发展的正确方向，避免我国金融业陷入闭目塞听的发展状态。

当前，我国金融业的开放力度越来越大，这对中国的金融机构既是机遇也是挑战。机遇是，国外跨国金融机构可以带来先进的经营管理理念及技术，有大量可供借鉴的经营管理方略、金融产品创新的方式、抵抗经营风险的良好方法，能对加速我国金融业发展，提高我国金融业参与国际竞争的能力，从而带来良好的机遇。而挑战是，如果在5G金融的技术研发与推广上落后于人，我国金融机构的信息技术将受制于人或被别人窃取，那么我国金

融业的核心信息技术及发展策略就可能被别人掌控，没有商业秘密可言，我国金融业的安全性也会丧失，在激烈的市场竞争中，将陷入被动挨打的困局。

七、5G 将有效防范区域性、系统性金融风险

当 5G 全面运用于金融业经营管理与风险控制之后，不仅能使金融业的市场拓展能力、客户获取能力、风险定价能力、新产品开发能力、消费场景提供能力等得到提升，还能促进金融行业的高速发展。尤为重要的是，5G 能为金融业提供科学的风险控制模型，并对金融行业风险趋势进行准确把握，更能对风险苗头进行及时甄别，并及时采取有效的预防措施，建立风险预警机制，让我国金融行业走出“盲目快速发展—金融行业出现泡沫—金融调控降杠杆—金融市场收紧—监管再放松—金融市场再膨胀”的发展怪圈，使金融业的发展更加平顺，将大量可预防的金融风险消灭在萌芽状态，区域性和系统性金融风险被有效预防，从而最大限度减少金融风险给社会经济带来的震荡。

5G 将催生更多金融新业态

5G 是人类社会发展到一定阶段的时代产物，它不仅会更好地促进人类社会经济的全面进步与发展，为人们的日常生活提供

极大方便，而且更会给金融业带来巨大的发展机遇，催生更多的金融新兴业态。

在人类历史上，金融业发展到今天的水平，都是科技信息技术不断进步的结果，一切金融业都是从当初最原始的银行发展而来的，而“银行”一词则来源于意大利语的 banca，其原意为长剑、椅子，是最早的市场上货币兑换商的营业用具，而英语转化为 bank，意为存钱的柜子。银行最早是 1407 年在威尼斯成立的，此后，荷兰在阿姆斯特丹、德国在汉堡、英国在伦敦也相继设立了银行。18 世纪末至 19 世纪初，银行得到了普遍发展。而一开始这些银行也仅仅是经营简单的贷款和存款业务，到了 20 世纪之后，银行业获得了极大的发展，不仅信贷业务日益发展，并且在其他领域的功能也越来越广泛。尤其在社会经济发展中，在帮助企业和居民融通资金、提高社会金融杠杆率、为民众提供投资理财产品等方面发挥了重要作用。同时，随着历史向前发展，在银行业务的基础上逐渐分离和衍生出保险、证券、信托、资产管理等多种金融机构、金融产品和金融业态，银行信贷员、风险评估师、保险营销员、证券分析师、理财师等金融职业也不断涌现并进入寻常百姓生活。特别是成为现代经济的核心之后，金融的作用大幅提高，除了为国家经济的稳定发展提供支撑，还大大丰富了民众的金融生活，满足了民众对金融的各种需求。

尤其是 20 世纪末和最近十多年，由于移动通信技术的日新月异，金融业发展的总体水平、能力、规模等超过了过去几百年发展的总和，金融业也由过去单纯的从事金融活动的行业向金融“百货公司”转化，由简单走向复杂，金融业对经济发展的拉动作用不断增强。在此期间，金融新兴业态也不断涌现。近年来，各种互联网金融、“宝宝”理财产品、网络金融中介等新兴金融业态不断涌现，借助互联网技术的新型金融组织更是琳琅满目，一时间，金融业似乎成为最赚钱的行业，各种社会力量争相杀入金融行业，比如不少实体企业、大型电商平台纷纷参股或独立设立金融机构，大量的优秀人才向金融业涌入，在金融业工作被视为“高大上”，让不少人羡慕不已。

而今天的传统金融业由于受到互联网金融等新兴业态的冲击，加上金融脱媒现象加剧，经营盈利能力有所下降，风险有所回升，尤其是在经济增长趋缓的大背景下，受到多重不利因素影响的银行业，不良率有所反弹，造成这种现状既有经济增长降速的客观因素，也有科技信息技术发展面临发展瓶颈的因素。换句话说，金融业要想拓展新的业务领域、获得更多的竞争资源，当前的科技信息技术手段仍显不够。可喜的是，5G逐步成熟，当5G全面运用于金融领域后，不仅能够解决现有金融业在经营竞争、经营管理上的一些瓶颈，还势必会催生更多的新兴金融业态，一方面给广大民众提供更多的金融产品和服务，另一方面为新时代社会经济发展和行业带来新的活力和机遇。

事实上，在4G时代，人们已经感受到了移动通信技术带来的巨大便利。除了传统的银行、保险、证券、信托、金融等机构提供的产品越来越丰富，服务手段越来越先进之外，P2P 网贷、余额宝、众筹等互联网金融产品，还为填补传统金融的市场空白，满足缺乏担保抵押物而又有正当金融消费需求的民众带来了帮助，这些新兴的金融机构和渠道，有效化解了社会弱势群体难以获得金融服务的尴尬局面，解决了他们的一些实际困难。尤其是，对那些初创小微企业来说，通过这些方式融资获得了创业资金，实现了创业成功，解决了部分人的就业问题，贡献可谓不小。

但正如一枚硬币的两面，科学技术既会带来有利的、积极的社会金融作用，也会带来消极的、负面的金融效应。之所以近年来金融乱象频发，除了监管理念和制度跟不上，甚至缺位之外，用于监管的技术手段不够先进也是一大因素。数据显示，2018 年，全国公安机关共立非法集资案件 1 万余起，同比上升 22%；涉案金额约 3 000 亿元，同比上升 115%，波及全国各个省区市。此外，重大案件多发，2018 年，平均案值达 2 800 余万元，同比上升 76%。一些案件涉案金额达上十亿元甚至上百亿元，不法分子将非法集资款用于还本付息、支付运营费用等，造成群众的巨大损失无法挽回。

所以，科技的发展带给金融业的作用不全是正面的，也有可能是负面的；犹如打开一扇窗子，既可以带来清新的空气，也会有蚊子随之飞进来叮人。这就需要金融监管部门根据行业发展规律及安全要求，制定各种规范的发展制度和监管制度，设置一定的门槛，进行资质审核，将那些有可能损害社会经济发展、金融健康运行、民众合法权益的金融组织和个人挡在大门之外，唯有如此，才能创造一个健康可持续的环境，使金融业发展始终运行在健康轨道上。

随着 5G 的商用和 5G 金融时代的来临，金融业将迎来新的春天，这是因为，5G 将催生更多的新兴金融业态，而且这种巨大变化将很快到来。

一、新的金融服务机构将不断涌现

回顾历史，金融业每一次的大发展，出现新裂变，以及产品和服务不断向着丰富化、多样化发展，都是科技大发展推动的结果，从最初的银行，到随后保险、证券、信托等机构的涌现，再到近年来如雨后春笋般诞生的互联网金融机构，先进科技的推动作用越发明显。在 5G 金融时代，如今还处于概念阶段的金融产品将大量诞生。特别是，由于 5G 万物互联的特点，物与人、人与人的交互信息将呈几何级增长，现在不能交易的物品，未来将可以交易；如今实现不了的交易方式，未来将会被开发出来。可以预见，智慧金融、物联网金融、无感交易、全球化交易等将成为未来最重要的金融业态。具体来说，未来的金融业将呈现如下几大特点。

1. 金融业将从有形逐步转向无形

线下金融机构将会逐步减少乃至消失，线上金融将大幅增加直至全部替代线下，金融的发展模式由低级向高级、复杂和智能化发展。比如，互联网金融会换代升级，其中网络贷款可能会由目前的个人对个人发展到加入监管者的阶段，变成资金提供者、使用者、监管者共同参与，确保资金使用明确、安全可靠，每一笔交易的风险都会大大降低。

2. 金融机构会进一步分化

未来，行业细分更加绵密，如在银行业，有专门对企业和居民提供一般信贷融资的智慧型银行，也有专门为企业和居民提供投资理财服务的专业理财银行。无人银行、开放式银行、虚拟银行等新型银行会诞生。

3. 金融场景将呈现爆发式增长

未来，除了极少数智能化物理网点外，金融场景会向社会的其他场所全面渗透，借助 5G 人脸识别、远程面签、VR、大数据等技术，咖啡店、商场、饭馆等公共场合都可以依靠现场设置的智能终端进行金融活动，而汽车、电视、手表等都会嵌入金融功能，人们可以真正足不出户，随时随地选择自己需要的金融产品和服务。

此外，金融业还有可能由过去的集团式统一组织经营向独立的、分散的个体组织转化。5G 的万物互联特征还有可能催生更多的民间金融组织，只要符合监管要求，越来越多的民间金融组织可以为公众提供更为丰富的金融服务。届时，各种小型的网络理财公司、商业保险公司等纷纷出现，这些小型的金融组织会服务传统金融机构和大型机构不愿服务或无暇顾及的零散客户，为这些客户开发更具个性的产品。比如，一位年纪较大的残疾人，没有家人，没法去银行享受到必要的金融服务，而传统银行又不可能派专人上门服务，那么，这就为小型金融组织带来了机会，可以开发出适合这位残疾人的各种个性化产品，并在其家里安装一台直连这家金融组织的智能终端，可以全天候提供金融服务。

二、新的金融职业将不断诞生

金融职业的诞生及不断拓展也是科技发展的产物，金融业发展到今天，催生了很多金融职业。目前，与金融业有关的职业多达几十类，有融资专员、外汇交易员、理财经理、债券交易员、金融产品研发员、保险业务员、授信制度管理员、授信审查员、资金营运交易员、投行业务经理、金融分析师、保险精算师、基金经理、银行风控员、注册分析师、注册会计师、金融风险管理师、注册国际投资分析师、财务顾问师、特许公认会计师、特许财富管理师等。而在 5G 金融时代，将催生更多的新型金融职业，这些新兴的金融职业应主要出现在金融中介和金融撮合领域，因为 5G 能让很多金融业务不再需要当面审核，也不需要到物理网点就可以办理，人们可利用物联网技术，结合区块链技术，轻松建立起自己的交易账户。而提供客户独立交易账户的，可以是综合交易网站，这些网站既可由金融监管部门授权传统金融机构经营，也可授权给符合资质的民营企业或个人经营，因为 5G 金融时代人们对金融产品和服务的需求比现在更大，未来的民营银行、民间金融组织和金融从业人员的数量将会是现在的几十倍甚至成百上千倍，让金融服务企业或组织变得无处不在、无所不能，此前大量的金融线下从业人员将转到线上。届时，线上金融分析师、线上金融中介师、线上金融审计师、线上金融会计、线上金融风控师、线上资产评估师、线上金融投资理财师等新兴的金融职业岗位将大量涌现，成为金融行业的一道新景观。

三、新的金融服务方式和产品将不断破茧而出

4G 时代，金融服务方式已经比较灵活，金融服务已渗入社会经济生活的方方面面，无论是金融机构为企业提供的信贷间接融资，还是资本市场、债券市场的直接融资，都为企业的发展提供了方便。而且金融机构给个人提供的金融产品和服务也几乎覆盖了大部分领域，比如消费贷款、住房抵押贷款、银行理财产品、保险产品、众筹、手机炒股、信托等，使得人们获得的金融产品和服务比 20 世纪的七八十年代实现了质的飞跃，基本消除

了金融服务的盲区。

5G 金融时代的到来，将会促进金融业在服务方式与产品开发上更加突飞猛进，并且带来形式上的新变化。

金融服务方式除了由现有的线下有形方式向线上无形方式转化之外，一个最大的变化可能是，由现在少数由金融监管部门颁发金融执业执照的金融机构集中提供服务，向更多符合资质的民间组织和个人分散提供转变。换句话说，未来能够提供产品和服务的机构数量可能出现井喷，这些机构或组织提供的产品和服务方式将比现在更具针对性和个性化。比如，一家企业或一个贷款户需要流动资金，传统银行机构可以提供，民间金融组织也可以提供，甚至获得准入资格的个人也可以提供，只要双方协商的贷款条件达成，凭借 5G 的低时延、高速度等特点，发放贷款会数秒到账，不会出现像 4G 时代或之前那样数天甚至数月才到账的情况，效能大幅提高。

四、新的金融服务需求将不断得到满足

4G 时代，金融业提供的各种产品和服务已经满足了民众日益丰富的大部分需求，民众享受到的金融服务较过去有了较大提高，但不得不说，当前大多数传统金融机构的思维主要遵循“稳”字当头，服务大多是按部就班和循规蹈矩的，基于符合监管要求和安全考虑，一些服务还比较“老旧”，没有真正做到与

时俱进，个性化的金融服务需求不多，每家机构的产品和服务同质化严重。比如，目前，A 银行提供的理财产品和 B 银行提供的理财产品，除了名称不同，背后对接的资产、预期收益率等大同小异，客户选择任何一家的产品都没什么太大区别。未来，如果某位客户对市面上的大多数理财产品不感兴趣，只想投资某个非洲国家的产品，那么金融机构依然可以通过 5G 的诸多特点，设计出一款适合这位特殊客户的个性化产品，并提供专业的投资建议和风险分析供其选择。换句话说，4G 时代，金融机构因为各种主客观原因，根本无法满足客户的很多个性化需求，但在 5G 金融时代，基于强大的科学技术和监管思维的放开，要实现起来根本不是什么难事。

五、金融与非金融的界限将不断模糊

4G 时代，除了一些金融控制集团或旗下的各种子公司之外，金融业与非金融业的界限一度比较清晰，相互间的界限泾渭分明，并且政府监管机构也有明确的监管规定，禁止金融业从事非金融业务经营，同时也禁止非金融企业从事金融业务，其本意在于控制经济风险与金融风险相互传染，确保国家经济金融稳定，避免金融危机乃至经济危机爆发。

而在 5G 金融时代，因为万物互联技术的应用，长久以来金融分业经营格局有可能被打破，金融和非金融的行业界限将会模糊，也就是说，未来提供金融服务的，既有可能是金融机构，也有可能是其他企业；金融机构既有可能经营金融业务，也有可能经营其他业务。到时，新的综合性金融巨头会诞生，更多小而美的金融组织会密布社会各个角落，形成共同发展的和谐局面。

可以肯定的是，在社会层面，5G 的低时延、泛在网、万物互联等技术特征，将进一步推动移动互联网在创新创业方面的作用，预计制造业、服务业等将与金融业高度融合，生产出更加高端的智能化和高附加值产品，催生领先世界的新服务，增强我国的科技竞争力。

值得一提的是，基于 4G，共享经济开始大行其道，共享单车、共享汽车、共享充电宝等纷纷进入人们的日常生活，从充分利用资源的角度出发，5G 时代是否会让这些共享经济形式被赋予新的金融属性呢？从技术发展的脉络来看，完全有可能。比如，5G 金融时代，假如一位女性有一个名牌包，因为某种原因，她打算一年内不背这个包，但她不想让这个名牌包在这段时间闲置，于是她打算在某个二手交易平台上把包租出去，为了让别人更多地了解这个包的真实信息，她可以上传原厂家生产这个包的视频、运输信息、自己的使用信息和目前包的新旧成色等，还可以模拟这个包背在身上的效果，而远在千里之外有意租借这个包的客户，可以通过这些信息来决定是否花钱和花多少钱来租借。显然，这些在 4G 时代是很难做到的。

5G 将给普惠金融推广带来新机遇

所谓普惠金融，由联合国在 2005 年提出，是指以可负担的成本为有金融服务需求的社会各阶层和群体提供适当、有效的金融服务，小微企业、农民、城镇低收入人群等弱势群体是其重点服务对象。据世界银行估算，2014 年全球有约 20 亿成年人无法享受最基础的金融服务，有效金融服务需求也无法得到满足，在我国一些偏远地区，也有一些人无法享受基本的金融服务。

可见，普惠金融是各国迫切需要解决的现实问题，因为这个问题事关重大，具有现实性、紧迫性和必要性。不仅关系到普通民众的金融可获得性，让金融改革成果惠及所有民众，让全体民众分享金融发展的成果，更关系到金融业自身发展的前景。未来，金融业发展的一个重要因素就是，看谁拥有的客户群体多。过去很多银行把营销的着力点放在中高端客户上，但中高端客户资源毕竟是有限的，不可能无限增长。之所以如此，是因为数量庞大的小客户比较分散，金融机构为他们提供服务，成本较高，产生的收益却很低，即收入与支出不成正比。事实上，正是因为传统大型金融机构不愿意或者说无法为中低端客户服务，一方面让互联网金融得到了生存发展空间，另一方面让自身丢失了很多客户。

最近十多年来，金融业对普惠金融服务的认识不断提高，对普惠金融服务的投入力度也不断加大，在物理网点布局和金融科技投入上双管齐下，取得了一定的成绩。尤其是，近年来金融监管部门在督促金融机构推进普惠金融的政策方面，出台了不少有力措施。

2011 年 3 月，中国银监会办公厅发布《关于进一步推进空白乡镇基础金融服务工作的通知》，制定了“坚持市场化原则运作与履行社会责任相结合、重点强调和注重发挥金融服务功能、注重金融服务有效覆盖”等具体措施，并提出了“通过三年时间努力消除农村金融服务空白乡镇、2011 年底全国减少 500 个金融空白乡镇”的战略目标，力争在 2020 年底前全面消除金融机构空白乡镇，在具备条件的行政村推动实现金融服务“村村通”。涉农金融机构采取各种办法在金融空白乡镇增加了物理网点或其他机具，比如 POS 机，之后又开通手机网络银行。

2016 年 2 月，中国银监会办公厅发布《关于推进普惠金融发展工作的指导意见》，确定银行机构初步建立普惠金融统计分析和考核评价体系；确保小微企业贷款投放稳步增长，扩大小微企业金融服务覆盖面，提高贷款可获得性，力争实现小微企业贷款“三个不低于”目标；努力实现涉农信贷投放持续增长，进一步提高乡镇网点和行政村基础金融服务覆盖率；增加建档立卡贫困户信贷投入，大幅度提高建档立卡贫困户扶贫小额信贷覆盖率。同年，中国银监会印发了《关于做好 2016 年农村金融服务工作的通知》，要求银行业金融机构认真落实中央 1 号文件等精神，不断加大金融支农力度，切实补足金融服务短板，着力强化对加快农业现代化的金融支持，努力实现涉农信贷投放的持续增长。

2017 年 5 月，中国银监会办公厅下发了《大中型商业银行设立普惠金融事业部实施方案》，要求各大型银行在 2017 年内设立普惠金融事业部，并加强组织领导，将其列入战略规划，定期审议相关事项；要成立专门的筹备工作领导小组，由行领导担任组长，加强统筹协调，推动相关工作有序开展；构建组织体系，建立健全普惠金融条线型垂直管理架构，可在董事会设立普惠金融发展委员会或指定现有专门委员会承担相关工作，可在管理层设立普惠金融管理委员会或指定现有专门委员会承担相关工作；总行应当设立普惠金融事业部，分支机构应科学合理设置普惠金融事业部的前台业务部门和专业化经营机构；普惠金融事业部中后台服务职责可由全行统一的中后台部门承担，明确业务边界；普惠金融事业部应聚焦小微企业、“三农”、创业创新群体和脱贫攻坚等服务领域。各大型银行要立足现有客户基础、业务特点、服务优势，突出重点，提高服务精准性和有效性，形成各具特色的普惠金融服务模式。建立专门机制，要按照商业可持续原则，建立专门的综合服务、统计核算、风险管理、资源配置、考核评价机制，将内部资源、政策向普惠金融服务领域倾斜，下沉经营重心，建立健全权、责、利相结合的自我激励约束经营机制。统筹有序推进。要科学制定普惠金融事业部发展规划，有计划、分步骤、高效率地推进普惠金融事业部制改革。可先在部分地区试点，取得经验后再推开。优化普惠金融前、中、后台业务管理，分阶段推进组织架构完善、业务流程改造、信息系统优化和产品服务创新。

正是在监管部门出台的政策指引下，经过金融机构的努力推动，我国普惠金融取得了长足的发展与进步，为社会弱势金融人群解决了不少金融有效需求服务不足的问题，取得了一定的普惠金融服务成效。2018 年 10 月，中国银行保险监督管理委员会发布的《中国普惠金融发展情况报告》显示，截至 2017 年末，我国银行业网点乡镇覆盖率达到 95.99%。银行业小微企业贷款余额为 30.74 万亿元，较 2013 年末增长 73.1%；为 1 521 万户小微企业提供贷款服务，较 2013 年末增长 21.7%。2017 年大中型商业银行对普惠金融客户取消收费项目 335 个，对 387 个项目实行收费减免。

与此同时，金融机构在农村地区的网点数量也不断增加。2019 年 4 月 2 日，中国人民银行发布的 2018 年农村地区支付业务发展总体情况数据显示，截至 2018 年末，农村地区拥有县级行政区 2 244 个，乡级行政区 3.20 万个，村级行政区 53.14 万个，农村地区人口数量 9.68 亿人。截至 2018 年末，农村地区银行网点数量 12.66 万个；每万人拥有的银行网点数量为 1.31 个，县均银行网点 56.41 个，乡均银行网点 3.95 个，村均银行网点 0.24 个。

在 4G 时代，借助金融科技，各家银行也纷纷推出了普惠金融服务产品。比如，建设银行的普惠金融拳头产品“小微快贷”，在其之下已形成“云税贷”“账户云贷”“医保云贷”“投标云贷”等多个子产品体系，累计为 55 万户小微企业提供贷款支持 7 100 亿元，全面契合小微企业经营特点和成长阶段；交通银行小微企业线上融资平台推出的“线上优贷通”“线上税融通”“线上抵押贷”等产品，通过“线上 + 线下”金融服务新模式，形成了民营和小微企业贷款申请便捷、审批高效、专业高额的特色优势；招商银行成功创建了集线上平台、集中审批、专业队伍服务于一体的新模式，开发了从申请到放款仅需 60 秒的闪电贷平台，打造了全国独树一帜的“一个中心批全国”零售信贷工厂集中审批模式，设立了普惠金融服务中心，并覆盖全国 44 家分行。

以上种种努力都足以表明，银行金融机构在推进普惠金融上确实费了不少心力，也花了不少代价，如果说银行机构不重视普惠金融的推广，或者说银行金融机构没有尽心尽力，也有点说不过去，冤枉了银行金融机构。但必须指出的是，从目前总体状态看，普惠金融的推广效果不尽如人意，依然存在不少问题。主要集中在几个方面：与广大企业及居民的普惠现实期待还有较大的差距，金融资源仍然主要集中在大中城市，大中城市的金融资源占据了所有金融资源的 80% 以上；中小微企业“融资难，融资贵”的现象依然没有得到彻底改观；仍未探索出一个完全适合我国普惠金融发展方式的金融服务体系。

或许有人不理解，上至中央，下至每家银行金融机构，在推进普惠金融上花费这么大的力气，为何效果还不明显呢？

原因其实很简单，关键在于普惠金融成本过高，中央及各级政府财政投入资金相当有限，金融机构承担不了这么大的成本支出，使普惠金融在推广上的持续性受到影响。比如，在消除金融空白乡镇方面，中央政府及金融监管部门的出发点很好，但有很多实际问题如果得不到解决，就使消除金融空白乡镇工作整体效果不佳。因为省级政府财力有限，大部分只给予一年的补贴，之后大部分费用就由涉农金融机构如农村信用社或农村商业银行承担，而设立在金融空白乡镇的网点绝大部分亏损，使农村信用社或农村商业银行积极性不高，毕竟农村信用社和农村商业银行是企业，需要有利润，至少获得的经营利润要能够覆盖经营成本，否则很难持久推行。据测算，在空白乡镇新设一个金融网点，一次性固定投入包括征地费、规划费、建管费、通水通电费等 11 项，固定投入在 120 万元以上，每个网点按 4 名员工，每人每年支出 5 万元计算，每年需费用 20 万元。此外，安全保卫、营业税、网络费等年需支出有 50 万元。面对居高不下的成本支出，很多金融空白乡镇的网点处于事实上的停摆状态，有些网点设了之后又不得不撤掉。

当然，导致普惠金融不可持续的根本原因之一，还是金融科技的发展未能跟上广大民众的金融服务需求，使他们获得金融服务的手段不多、方式不灵活、程序烦琐、环节过多、传递效率低、获得时间长，使普惠金融的普适性、易得性、方便性、快捷性等方面受到较大的制约。而当 5G 运用于金融业发展之后，将使普惠金融的推广出现前所未有的变化。可以预见，5G 金融时代，普惠金融的推广速度、发展质量、服务范围、服务方式、发展方向等方面都将发生巨变。主要体现在以下几个方面。

一、普惠金融的服务模式将有新突破

目前，我国金融机构在推行普惠金融上，大都以金融机构为依托，实行的是有形的普惠金融运作模式，即通过增加物理网点、投放有形器具，用有形的普惠金融方式，让民众能够看得到、摸得着，效果立竿见影。但是这种方式仍然具有较大的局限，尤其在广大经济落后的偏远农村地区，更是远远难以满足民众无所不在的金融需求。在实施过程中，金融机构对一定的人群和弱势企业采取直接降低贷款利率、提高存款利率、设立小额扶贫信贷、免除各种中间业务收费、对因特殊原因形成的贷款损失建立核销账准备基金等措施。这些做法虽然在推进普惠金融中发挥了重要作用，但从银行金融机构作为企业所追求的目标来说，就意味着成本提高、利润下滑，长远来看难以持续推行。而当 5G 运用于普惠金融之后，基于万物互联及泛在网等功能，使银行金融机构在普惠金融推行方式上会发生根本变化，即从现在的以线下有形普惠金融方式为主，向未来的以线上无形普惠金融方式为主转变，国家的很多普惠金融政策、普惠金融操作方式等可通过 5G 网络的低时延等功能快速实现，目前那种最新政策达到最基层有不小的时间差的情况将得到消除。由于很多的普惠金融方式可利用 5G 完成，过去“相互见面式”的环节将向“网络虚拟式”转化，大幅节约金融机构的服务成本和用户的使用成本，使普惠金融的触角延伸范围更宽，普惠金融受惠的人群更多。

二、普惠金融的技术手段将有新拓展

4G 时代，得益于移动通信技术，金融机构在普惠金融推广上的技术手段达到了相当高的水平，服务的触角延伸到绝大部分农村偏远地区，部分民众获得了实惠，享受到了基本的金融服务，但由于银行金融机构无法对所有客户的信息情况进行搜集和分析，所以不能推出适合不同人群的普惠金融产品和服务，推出的产品和服务基本是千篇一律的，特色化和个性化特征不足，难以适应不同群体的金融需求。尤其是，一些传统的普惠金融方式老旧，缺乏活力和温馨的一面，给人一种拒人于千里之外的冰冷感觉。比如，普惠金融中的信贷担保抵押贷款就是一个很能体现普惠金融温情一面的信贷方式。试想一下，农村地区的很多人没有可用于抵押的资产，抵押担保贷款又如何让他们感到“普惠”二字的温暖呢？

可喜的是，5G 金融时代，这个问题可以得到很好的解决。银行金融机构可利用 5G，对辖内企业、家庭、个人的信息进行搜集、储存、处理、量化及科学定性分析，对普惠金融的服务对象进行准确的信息评级与信用画像，从而消除仍有几亿农村人口缺乏征信记录的尴尬局面，从海量信息中建立符合对方需求的服务方式。尤其是，对那些缺少信贷抵押担保的人群提供可行的信贷产品，使推动普惠金融的方式更加人性化及和谐化。

三、普惠金融成本将大幅降低

目前，普惠金融未能达到预期目标，就是因为科技手段还不够先进，银行金融机构推行普惠金融的成本过高、力度太弱。而在 5G 金融时代，银行金融机构推行普惠金融成本过高的问题将得到有效缓解。

众所周知，5G 具有低时延、低功耗及万物互联、泛在网等特点，可使银行金融机构获取信息的途径更宽、获取信息的成本更低、处理信息的能力更强，这些技术优势将使银行金融机构推进普惠金融的成本至少下降 60% 以上，因为原先大量的人力、物力和财力成本会因 5G 而节约，无形中极大地降低了普惠金融的服务成本，使银行金融机构推进普惠金融的流程变得简单、时间变得迅速、服务范围得到极大的延伸，其推进普惠金融的积极性和主动性也得到提高。具体表现是：金融机构可借助 5G，根据普惠金融实际，对普惠金融产品实行海量标准化定制、规模化运作，服务效率大幅提高。当然，批量化不代表不重视个性化需求，相反，对于不同服务对象，更应该把特色化服务放在重要位置，毕竟，普惠金融的实施区域中，小微企业和“三农”领域是重点，服务成本的降低，绝不能以压缩服务内容和品质作为代价，而是要让更多的弱势群体，享受优质高效、成本低廉的产品和服务，享受普惠金融的阳光雨露。

四、普惠金融的参与力量将大大增加

长期以来，我国普惠金融推进工作主要依赖银行金融机构，各种普惠金融方式、普惠金融服务产品、普惠金融考核方式和考核体系等都由银行机构拿方案，或者由金融监管部门对银行金融机构进行考核。比如，2015 年 3 月，银监会发布《关于 2015 年小微企业金融服务工作的指导意见》，工作目标由以往单纯侧重贷款增速和增量的“两个不低于”调整为“三个不低于”，从增速、户数、申贷获得率三个维度更加全面地考查小微企业贷款增长情况。在有效提高贷款增量的基础上，努力实现小微企业贷款增速不低于各项贷款平均增速，小微企业贷款户数不低于上年同期户数，小微企业申贷获得率不低于上年同期水平。2019 年 1 月，银保监会发布了《关于推进农村商业银行坚守定位　强化治理　提升金融服务能力的意见》（以下简称《意见》）。《意见》着重就农村商业银行的经营进行指导规范，强调促进农商行更好地“回归县域法人机构本源、专注支农支小信贷主业”，政府给予一定的财税优惠政策，比如对中小微企业贷款或涉农贷款减免一定的营业税，对扶贫贷款进行贴息等措施，但最后的任务都落在银行金融机构上。

正是由于普惠金融的参与力量少，只凭银行金融单枪匹马，效果不太明显。而造成这种局面，主要是普惠金融在推广中存在信息不对称、科学技术落后于普惠金融需求速度与质量等问题，而在 5G 金融时代，政府、银行金融机构、企业、居民等都能成为普惠金融中的一分子，在一个区域内，各种信息能够及时交互，这不仅为银行金融机构推进普惠金融提供了信息技术支撑，更为政府及其职能机构、民间社团力量、个人等共同参与普惠金融提供了可能。未来，普惠金融仅依靠单一银行机构推进的格局将被打破，将汇集更强大的社会力量，推广办法将比现在更多、更可行、更有效。

五、普惠金融的范围将快速扩大

4G 时代，虽然普惠金融走出了第一步，取得了一定成效，但服务范围相对较窄，仅限于信贷、存款及结算支付、金融投资等方面，对于民众更多的普惠金融服务需求依然处于短板状态。尤其是，在金融市场信息的提供方面比较滞后，无法给民众提供完整准确的信息服务，不少民众因为信息闭塞或掌握的信息有限，无法很好地把握生产经营，更无法根据市场需求信息来实现定制化生产，生产经营的效益较低，甚至还有可能造成有限金融资源的浪费，使生产经营无法达到预定的目标，也使普惠金融服务比如金融扶贫的效果大打折扣。比如，一个从事肥料生产的私营企业主，因为地处偏远山区，对肥料市场的行情和价格波动了解不多，或者说得到的信息是几个月之前的，当他把从银行得到的贷款投入生产时，生产出来的产品根本卖不动，或者说处于亏损状态，那么银行的信贷资金就没法取得很好的成效。如果金融机构能够为这个私营企业主提供有效的市场动态信息，那么私营企业主可以随时调整生产经营的方向，生产的数量也可以变得精准，并减少浪费。

而 5G 金融时代的普惠金融服务，范围会从资金、结算、投资等有形的供给转向金融信息、市场经营信息的提供，有效打通普通民众金融需求信息与金融供给信息、生产经营信息与市场需求信息不对称的情况，将使普惠金融服务范围得到快速扩大，全方位释放普惠金融的巨大潜能。

六、普惠金融的成效将日益凸显

4G 时代普惠金融推广成效不突出、不明显，原因是多方面的，其中一大原因在于金融科技的手段受限，无法将预想的一些普惠金融服务方式、产品等推行到位，这不仅让金融机构在实施普惠金融服务的过程中受到束缚，而且也让民众对普惠金融产生了诸多误解和不满，对金融机构推广普惠金融的诚意持怀疑或不信任态度，这对普惠金融的全面推进带来了不利影响。当 5G 应用于普惠金融领域后，普惠金融的实施效率会得到提高，参与普惠金融的力量增多，监督的力量也将不断增强，能发现普惠金融服务中的各种问题，不断加以改进，透明性和公正性将得到体现，民众对金融机构的态度会发生转变，对普惠金融推行过程中的抱怨减少，积极配合的意愿大大提高。

七、普惠金融的服务体系将不断完善

目前，我国的普惠金融还处于初级阶段，一个重要原因是，服务体系不完善，相关配套措施欠缺，而 5G 金融时代的来临，无疑给普惠金融全方位推进带来了无限活力和生机。未来，监管部门可通过万物互联等技术，重构推进普惠金融的各种保障体系。一是建立有政府部门、金融机构、企业代表和民众参与的立体监督体系，对推进普惠金融过程中存在的问题、面临的难点、有待改进的方式等逐步实行社会听证制度，让各方的意见得到充分反映，形成更好的解决办法；二是建立普惠金融社会责任考核体系和量化体系，通过这种体系将参与普惠金融建设各方的责任与权力进行明确的约定，奖罚分明，增强推进普惠金融服务的社会合力；三是可考虑建立严密的普惠金融社会宣传体系，通过各种媒体或渠道向广大公众、企业进行宣传，增强全社会的普惠金融意识，尤其是提高全社会的诚实守信意识，消除金融机构推进普惠金融服务中的担忧受怕心理，毫无保留地将所有“力量”投入普惠金融服务，使普惠金融各种政策措施真正落地生根、开花结果。

八、普惠金融服务产品将有新突破

过去，我国金融机构在普惠金融方面不仅进行了大胆而有效的探索，积累了一定的经验，还推出了各种普惠金融产品。如针对小微企业、农户、新型农业生产经营主体等普惠金融重点领域“短、小、频、急”的金融需求，金融机构不断改进服务方式，打造专属产品服务体系。同时，通过开设网上银行、手机银行拓展银行普惠金融服务渠道；通过互联网、大数据等金融科技手段，提供线上信贷服务，提升服务质量和服务效率，涌现出一批依托互联网、大数据等新技术的创新普惠金融产品，如个人小额消费贷款、电商贷款。此外，通过续贷业务创新、开展供应链金融等为广大客户提供全流程金融服务；在农村地区为有效消除实施普惠金融的障碍，开展农村承包土地的经营权、农民住房财产权和农村集体经营性建设用地使用权抵押贷款试点，开展林权抵押贷款，开展注册商标专用权、专利权、著作权等知识产权抵质押贷款，缓解“缺担保”难题。

但是由于受到金融科技水平的限制，这些产品和服务还远远不能满足人们对普惠金融的要求。而 5G 金融时代的到来，将会改变普惠金融服务产品短缺的状态，使金融机构通过万物互联技术获得辖内所有普惠金融服务需求的信号，极大地拓展金融“长尾客户”的范围，使绝大多数单个金融需求量不大，但有金融需求的客户都能得到有效的金融服务，使普惠金融扩面、增量的局面早日到来。同时，5G 可让民众通过线上进行理财投资，给人们提供了更宽广的投资渠道，打破过去投资渠道狭窄的瓶颈，有利居民扩大财产性收入来源，缓解财富缩水之苦。

九、普惠金融中的不良行为将得到有效矫正

过去，普惠金融在推行过程中，还存在部分机构和个人以推行普惠金融之名，行非法牟利之实的乱象，如果伪普惠金融得不到有效遏制，势必会影响普惠金融发展的速度和社会声誉。比如，部分互联网金融机构，打着普惠金融的旗号，为人们提供校园贷、消费贷、现金贷、套路贷等业务，最开始，人们并不能发现存在的问题，总觉得这些渠道解决了很多人无法从正规金融渠道获得正常金融服务的需求，殊不知，一些机构干的并不是真正的普惠金融，而是另有目的，部分人因为参与这些互联网金融借贷而陷入困境，甚至家破人亡。在 5G 金融时代，监管机构可借助最新的科技手段，对普惠金融制定更为严密的监管机制，对普惠金融所有参与方的金融服务方式、金融服务产品进行有效监督、甄别与判断，让一切伪普惠金融原形毕露，净化普惠金融环境。

总之，5G 普惠时代无论是表现形式、实现渠道，还是广度和深度，都将发生翻天覆地的变化，它将为我国普惠金融的发展起到巨大的推动作用。与此同时，也要防范普惠金融中的一些问题，比如信息安全问题、隐私保护问题等，均需要有一个统一的

规划，出台并实施相应的制度规范，使普惠金融不断朝着健康、良性的方向迈进！

5G 金融将带来全新的投资机会

4G 时代的金融业已给民众带来了较多的投资机会，推出了能够满足大部分金融消费者需求的产品和理财方式，金融机构及民众进行金融投资理财的能力也获得了空前的提高。目前，民众的投资方式相比过去已经得到大大拓展，如股票投资，已打破了固定场地的局限，只要有网络信号，只需一部手机或一台手提电脑，就能基本实现移动炒股，这使参与股票投资的投资者数量空前增长，诞生了靠投资股票为生的网络炒股一族，炒股成了一种新兴的金融职业，其中一些技术较高、有一定经济基础的人也在投资股票的过程中实现了财务自由，获得了投资性收入。据 2019 年 4 月 16 日《中国证券报》报道，中国结算公司公布的 2019 年 3 月投资者情况统计数据显示，截至 3 月末，沪深两市投资者数量为 1.51 亿，首次突破 1.5 亿。其中，2019 年 3 月新增投资者数量为 202.48 万，环比增长了 103.19%，单月新增投资者数量创下 2017 年 4 月以来的新高。另有权威数据显示，2018 年 A 股的投资者规模在不断扩大，已开立 A 股账户的自然人投资者数量再创历史新高，达到 1.45 亿。也就是说，对拥有 14 亿人口的中国来说，每 10 个人里就有 1 个人参与了股票市场的交易，可见中国投资股票队伍的庞大，股民数量早已超过了大多数国家的人口总和。

5G 金融除了借助网络科技信息技术让股票投资变得更加方便之外，还给新兴金融业态的发展带来了巨大的契机，从事互联网金融工作的人员也出现大幅增长，这为一些网络金融中介组织提供了发展机会，也为大量的民众用富余资金进行网络借贷提供了便利，为民众在互联网金融投资方面带来了新的致富商机。

P2P 网络借款，是近年来国内较为流行的一种借助移动互联网技术建立的网络信贷平台，为民众提供相关理财行为和金融服务的新模式。鉴于 P2P 平台跑路、暴雷等乱象频发，监管部门一直在制定出台系列政策，实施严厉监管，确保行业得到健康稳定的发展。2015 年底，银监会会同工信部、公安部、国家互联网信息办公室等部门研究起草了《网络借贷信息中介机构业务活动管理暂行办法（征求意见稿）》，确定了网贷行业监管总体原则是以市场自律为主，行政监管为辅。对 P2P 取消了准入门槛监管，转而实行负面清单管理，明确网贷机构不得吸收公众存款、不得设立资金池、不得提供担保或承诺保本保息等十二项禁止性行为。此后几年，监管部门还陆续出台了一系列政策措施，P2P 网络借贷行业的发展日趋规范。

最近几年，我国网络借贷异常活跃，据行业门户网站网贷之家 2016 年发布的数据，2016 年 10 月底高峰时网贷平台多达 4 335 家。根据零壹智库发布的《2017 年中国 P2P 网贷年度简报》，截至 2017 年 12 月 31 日，全国 P2P 网贷行业累计交易额保守估计约为 6.07 万亿元，P2P 网贷贷款余额为 12 050 亿元，待还利息约 1 109 亿元，约为本金的 9.2%；2017 年，我国 P2P 网贷行业活跃借款人数估计在 1 350 万左右，同比增加 136%。人均融资额为 20.1 万元，网贷行业活跃投资人数估计在 1 250 万左右，较 2016 年的 998 万人增加 25.3%，人均投资额为 21.7 万元。经过几年的整顿和规范，P2P 平台数量继续减少。网贷之家发布的数据显示，截至 2019 年 1 月底，P2P 网贷行业正常运营平台数量减少至 1 009 家，相比 2018 年 12 月底减少了 16 家。2019 年 1 月没有新上线平台，这已经是 P2P 网贷行业连续第六个月没有新平台上线。截至 2019 年 1 月底，累计停业及问题平台达到 5 433 家，P2P 网贷行业累计平台数量达到 6 442 家（含停业及问题平台）。P2P 这一金融业态的出现不仅为部分有正常资金需求的企业和个人提供了融资机会，填补了传统金融机构留下的市场空白，也为不少投资者拓宽了投资机会，每年参与互联网金融平台投资的人数至少有上千万人，虽然一些平台因为经营不善或其他原因关门跑路，给投资者带来了一定损失，但也有一些平台让很多投资者赚取了可观的财富。

从网络借贷由野蛮生长回归到理性的发展进程来看，科技的力量在其中得到了淋漓尽致的体现，但恰恰又因为科技的演化尚未达到更高水平，也让平台跑路等风险出现。建立在 5G 之上的 5G 金融，不但能给民众带来更多有效的投资渠道，极大地拓展社会金融投资渠道和方式，也会大幅降低投资风险，让投资理财变得更加轻松。简单来说，5G 金融时代必然会给全社会带来更多的新的投资机会。

一、开辟更多有效投资渠道

由于 5G 金融会催生大量新兴金融业态，这些新业态必然会大大增加投资渠道，而投资渠道的增加，必然会带来大量的投资机会和就业机会。一方面，由于 5G 的万物互联功能将所有参与金融活动的交易对象联结成一张有机的网络，金融场景越来越多，让产生信息交互的人都能了解彼此的金融需求与供给信息，增进民众之间、民众与企业之间的互信关系，此前因信息不对称造成的风险大幅降低，使各种金融机构有了更加良好的发展环境，迎来空前的历史机遇。这种金融机构和组织可以为投资者与资金需求者提供巨量中介撮合服务，它们提供的产品和服务，数量之大、种类之多将是难以想象的。基于 5G，到时可能还会诞生大量的保险服务中介组织，使保险企业研发的保险产品与被保险人的保险需求之间更加匹配。由于 5G 的低时延、低功耗等功能，保险机构和保险消费者之间的信息会更加透明与对称，骗保等欺诈行为将不会出现，保险业可以真正惠及更多的人群。与此同时，现在的信托、证券、期货等行业，包括政府债券等会全面搬到线上，不仅可大大丰富民众的投资渠道，还将吸纳大量的就业人员进入金融业，由于人工智能、物联网等融入 5G 金融，使金融、社交、生活等场景紧密关联，在这种新的背景下，金融业的外延、功能、发展方向等也将得到扩展。未来，一个人的身份将会是多种多样的，你可能在证券公司工作，但同时你又是资产评估师、理财分析师、会计师，甚至是室内设计师，而这一切，都得益于 5G 的强大功能，很多工作你无须去现场，万物互联会给人们提供兼职机会，让人们获得更多收入。

二、研发出更多新的金融产品

4G 时代的金融业产品已经比较丰富了，除了传统金融机构提供的存贷款产品、保险产品、理财产品，随着网络科技的高速发展，金融机构或类金融机构近年来还推出了许多打破人们传统思维的金融产品。比如，如今大家耳熟能详和正在被广泛使用的支付宝、微信支付、余额宝、众筹、P2P 等。而在 5G 金融时代，会有更多的金融人才和科技人才加入金融产品的研发、推广与运用。已经享受金融科技带来的丰厚利润的科技巨头，如阿里巴巴、腾讯、百度等，将继续投入资源，根据时代发展特点和民众需求，利用自身技术优势，独自或联合传统金融机构研发更多的金融产品。与此同时，市场上还将诞生一大批专门为金融业提供技术支撑的科技企业，这些企业本身不卖金融产品和服务，但专注于自身技术优势，深谙金融机构和民众的需求，从而将新技术的发展提升至极致，逐步发展壮大，甚至可能诞生更多世界级的金融科技霸主。

对普通民众来说，他们最为关心的还是获取金融服务的便利性和投资理财的收益高低。未来，金融机构提供的理财投资产品将是海量的，哪一款产品的历史业绩最好，挂钩的投资渠道最安全，预期收益最高，民众均可通过 5G 及时掌握，并结合自身的需求和资金实力、风险偏好来做出正确投资决策。比如，一家金融机构推出了一款理财产品，产品管理人的专业能力、以往业绩、挂钩产品的走势等信息，将能够实时更新。而如今股市只有周一至周五每天 4 个小时进行交易的格局可能被打破，甚至可能将不再有节假日的概念，变成一个全年 365 天昼夜不休的市场，投资者可以在任何时间、任何地点参与交易，不再受到人为制度的限制。

三、行业发展方向将出现新变化

经过几十年的发展，尤其是 4G 时代，我国金融业的发展取得了较大突破，金融业的发展方向出现了三大变化。一是传统金融业态逐渐陷入萎缩趋势，新兴金融业态拉开了蓬勃发展的序幕。金融业处于正在利用技术手段逐步向新兴金融过渡转型阶段，传统金融业没有彻底消亡，新兴的金融业已然崛起。二是金融服务方式及金融产品不断由单一化向丰富化转变，金融业向社会提供的金融服务、金融产品基本能满足企业及投资者的多种金融需求。三是部分线下固定物理网点业务向线上渠道转移，消费者获得金融服务的便利性、快捷性增强。

5G 金融时代，金融业的发展方向将继续朝着科技化发展，而且更趋智能化，发展的水平相比现在大幅提高。尤其是，通过 5G 的全面推广运用，能使监管部门及时掌握新兴金融业态的发展动态，对各类新兴金融业态予以认真甄别，对从中筛选出的最具发展潜力、风险最小的新兴业态予以扶持，还可以利用大数据技术进行建模，模拟预测新兴业态可能带来的发展机会和潜在风险，再根据预测结果，制定有所区别的行业发展战略规划，确定优先支持的金融产业、一般支持的金融产业及限制发展的金融产业，使新兴金融产业发展具有层次性。

四、扶持更多的金融科技企业登陆科创板

5G 为 5G 金融的崛兴提供了坚实的保障，而 5G 金融的巨大产业需求又会推动 5G 产业的加速发展。也就是说，5G 与 5G 金融是互相促进、共生共存的关系，二者的融合发展，会为社会经济发展和民众带来更加强大的动力和机会。当前，作为我国多层次资本市场体系的一部分，科创板已经投入实质运行，从开设满月以来的情况看，总体发展势头不错。据券商中国 2019 年 8 月 22 日披露，自科创板成功开市以来，已经成功运行了一个月的

时间，科创板的市场表现并未让投资者失望。截至当时的数据，科创板市场已经成功上市了 28 家新股，上市以来均以大幅上涨的走势为主。根据上交所 2019 年 8 月 21 日发布的数据，28 家已上市科创板公司股价全部上涨，较发行价平均涨幅 171%，涨幅中位数为 160%。科创板首月成交额（含盘后固定及大宗）合计 5 850 亿元，日均 254 亿元，占沪市比重为 13.8%。这样的表现，使科创板无论对上市的科创企业还是参与科创板投资的投资者来说，都将产生较强的吸引力，为未来更多科创企业上市融资、更多投资者参与科创板投资，以及分享科技企业的发展红利创造了条件。

最重要的是，在最近几年股市行情低迷的大背景下，科创板的不俗表现，将会吸引越来越多的资金参与科创板投资，使科创板的人气更加旺盛。与此同时，资本市场上 5G 及 5G 金融概念股的价格上涨，将使获得资本市场直接融资的科技企业加速发展，为扩大社会就业及刺激经济增长带来无限潜能。

五、社会两极分化有望消除，“双创”将迎来新高潮

过去由于科学技术还不够先进，“最后一公里”仍然没有打通，这使我国金融业在资源分配上存在供给与需求信息不对称的现象，使大型国有垄断企业等凭借强大的话语权，能获得比较丰富的金融资源，而数量庞大的社会弱势群体，尤其是边远地区的

企业和民众在金融资源的获取上，处于被忽视的尴尬地位，无法分享到金融业发展与改革的成果。这不仅使社会金融资源分配严重不均，也拉大了不同经济地区之间的经济发展差距，更是在客观上拉大了社会收入与财富的分配差距，这对全面消除贫富差距、促进社会公平极为不利。

5G 金融时代到来，将会让金融资源分配在社会经济发展中发挥更加均等的作用。也就是说，金融业可运用万物互联等功能，来发现不同经济主体之间存在的金融资源分配不均的问题，及时对金融资源进行有针对性的调节，将那些浪费和闲置的金融资源匹配给最需要金融资源扶持的企业和地区。尤其是，近年来“大众创业、万众创新”的春风吹遍大江南北，但一个尴尬的现实是，很多初创企业因为没有抵押物而拿不到贷款，最终黯然消失，5G 金融时代将让“双创”迎来新高潮。

更为重要的是，5G 金融能够实现信息高度透明和对称，在这种状态下，可消除各种金融暴利行为，给民众提供均等的获得机会、就业机会及财富机会，进而成为消除社会财富两极分化的“熨烫器”。

第六章

5G 金融时代监管面临大变局

“一委一行二会”的监管新思维

几十年来，我国金融监管体制几经变革，从 1952 年开始，全国金融体系形成大一统的局面，由人民银行和财政部两大部门主导全国金融体系。当时，很多金融机构都并入财政部或人民银行。1969 年，人民银行也并入财政部，对外只保留了“中国人民银行”的牌子，各级分支机构也都与当地财政局合并，成立财政金融局。1978 年，人民银行从财政部独立出来。但当时的人民银行作为金融监管机构的央行职能，与经营银行业务的商业银行职能仍然是统一的，既行使中央银行职能，又办理商业银行业务；既是实施金融监管的国家机关，又是全面经营银行业务的国家银行。

自 1979 年开始，我国的经济体制改革逐步拉开序幕，工商银行、农业银行、中国银行、建设银行先后或独立，或恢复，或设立。1979 年 1 月，为了加强对农村经济的扶持，恢复了中国农业银行；同年 3 月，为适应对外开放和国际金融业务发展的新形势，改革了中国银行的体制，中国银行成为国家指定的外汇专业银行，同时设立了国家外汇管理局。之后，又恢复了国内保险业务，重新建立中国人民保险公司，各地相继组建信托投资公司和城市信用合作社，出现了金融机构多元化和金融业务多样化的局面。

尤其是，1984 年工商银行与人民银行脱钩之后，各类银行的职能基本恢复。1986 年，国务院颁布《中华人民共和国银行管理暂行条例》，从法律上明确人民银行作为中央银行和金融监管当局的职责，一方面行使货币政策调控职责，另一方面也肩负对包括银行、证券、保险、信托在内的整个中国金融业的监管职责。1984—1991 年，中国的金融监管体制处于混业监管时期，即由人民银行统一监管所有金融活动。

而近 20 多年来，面对金融行业新的变化，我国相继成立了中国银行业监督管理委员会、中国证券监督管理委员会、中国保险监督管理委员会，加上中国人民银行，开创了“一行三会”的监管局面，金融业也进入分业经营状态。紧接着，《中国银行业监督管理法》《中华人民共和国保险法》《中华人民共和国证券法》陆续颁布，实现了金融监管的多轮驱动。其中，中国人民银行负责货币政策制度制定，主要负责宏观审慎监管，大量的微观审慎监管职能交给了银监会，基本淡化了一般金融监管职能。银监会负责银行业经营监管，保监会负责监督全国保险业经营，证监会负责监管全国证券公司、证交所及上市公司。这种监管体制有一定的合理性，尤其是在一定的历史时期，这种监管体制基本符合我国国情，对于规范我国的金融秩序，降低和化解金融风险，促进整个金融业的持续、稳定发展发挥了重要作用。同时，分业监管体制有利于加快金融体制改革，有利于金融业尽快做大做强，有利于进一步发挥这种体制的作用，更好地提高监管的效率。此外，分业监管既有利于相关行业做深、做细，又有利于保持部门稳定。

但是，随着时间的推移，这种分业监管体制的弊端也不断显现。一是监管力量分散。银监会、证监会、保监会“三足鼎立”的监管格局，往往使监管出现真空，造成中央银行货币政策作用的空间缩小。二是银行有效监管的基础没有建立起来，缺乏社会联合防范机制。上级行对下级行缺乏科学有效的激励和约束机制，导致下级行经营者强化内部控制的激励不足。同时，作为商业银行内部控制重要内容的稽核监督体系，隶属于各级行经营者，没有有效独立出来，其监督职能也容易流于形式。三是缺乏一整套系统性的风险预警、处置、缓冲、补救机制。金融监管没有形成有效的风险监测、评价、预警和防范体系，缺乏早期预警和早期控制，监管信息未能有效利用，风险防范工作忙于事后“救火”，不利于有效防范化解金融风险。四是基层人民银行缺乏一套科学严密的监管制度和监管方法，监管信息不对称，由于商业银行报送的数据可用性较差，人民银行的非现场监管体系不能发挥应有的作用，监管效率有待于进一步加强。五是监督措施的效能未得到充分发挥。突出表现在，对金融机构违规行为的处罚成本过低，违规处罚执行缺乏严厉性，并且当前监管部门对违规行为的处理缺乏有效性。最关键的是，这种监管体制缺乏重心，没有监管主帅和主心骨，进入了事实上的各自为政状态，从十多年的实际运行效果看，已脱离金融业发展的客观现实。

而随着金融混业经营的出现，金融监管的边界逐渐模糊并被打破，金融监管当局也对金融监管体系、监管模式进行了新的思考。到底选择哪一种金融监管模式比较适合中国国情，相关部门进行了长时间的探索，而且各种社会金融力量也对监管问题进行了激烈的讨论，其中讨论的焦点，是我国到底是实施统一监管体制、分业监管体制还是不完全集中监管体制。

统一监管体制就是，只设一个统一的金融监管机构，对金融机构、金融市场以及金融业务进行全面的监管，代表国家有英国、日本、韩国等；分业监管体制则是，由多个金融监管机构共同承担监管责任，一般银行业由中央银行负责监管，证券业由证监会负责监管，保险业由保监会负责监管，各监管机构既分工负责，又协调配合，共同组成金融监管组织体制；不完全监管体制，可以分为“牵头式”和“双峰式”两类监管体制，其中“牵头式”监管体制，是在分业监管机构之上设置一个牵头监管机构，负责不同监管机构之间的协调工作，其中代表国家是巴西。“双峰式”监管体制则是依据金融监管目标设置两头监管机构，一类机构专门对金融机构和金融市场进行审慎监管，以控制金融业的系统风险，另一类机构专门对金融机构进行合规性管理和消费者利益的管理。

国家层面的争论、探讨及权衡的结果，终于在 2018 年 3 月 13 日国务院向全国人民代表大会提请审议，根据党的十九届三中全会审议通过的《深化党和国家机构改革方案》形成了最后定论：对于金融监管体制改革，将银监会、保监会的职责整合，组建中国银行保险监督管理委员会，作为国务院直属事业单位。将银监会和保监会拟定银行业、保险业重要法律法规草案和审慎监管基本制度的职责划入中国人民银行，不再保留银监会和保监会，继续保留证监会。至此，我国的金融监管体制由原来的“一行三会”精简为“一行二会”，加上 2017 年 11 月由党中央、国务院批准组建的国务院金融稳定发展委员会，实际构成了“一委一行二会”的监管格局。

很多时候，选择只有更好，没有最好。目前，新的金融监管体制仍然存在弊端。一是所有金融监管的最终目标都是围绕金融机构的经营行为进行的，比如金融机构设立、高管任职资格审核、金融服务方式与金融产品创新等，仅限于宏观审慎监管与微观审慎监管两大领域，央行负责宏观审慎监管，其他监管机构负责微观审慎监管，两大领域之外的监管制度设计依然存在短板。二是金融保险与证券、互联网金融及其他新兴金融业态，除了银行、保险与证券业方面的监管制度能够理顺和协调，建立合作模式以及共享监管信息之外，其他领域仍然处于监管“割据”状态，其监管机制、监管力量、监管方式仍然相对分散，难以形成集中统一的监管合力，导致监管与被监管对象之间的大量矛盾难以及时解决。三是金融监管的重心依然放在传统金融业监管上，对金融科技信息监管涉及较少，对金融科技信息监管领域的相关问题缺乏足够的重视，跟不上金融科技信息领域的发展形势，这也使金融市场上各种乱象频发，不少隐藏着巨大风险的所谓创新产品不断变换“马甲”，以各种新面目出现，给普通民众造成较大损失。比如现金贷、校园贷等，已成为金融肌体上的“毒瘤”。

相比以往，目前的金融监管体制已经更趋科学合理，但为何仍存在改进之处呢？原因是多方面的，其中，既有监管机构的理念受到制约的问题，对金融的监管仍未摆脱传统思维，也有金融监管科技水平不足的问题，比如监管信息的获取渠道较窄、获取的时延较长等，因此很难让各种金融违规违法行为被及时监控和处理。

而 5G 金融时代的来临，将倒逼金融监管机构针对新情况、新环境，催生监管新思维，努力寻求突破原有监管框架的新方向，摆脱金融监管的各种局限，将金融监管提升到新的更高水平，开创出我国金融监管的新局面，使我国金融监管的效能提升到最佳状态。具体来说，有如下几大方面。

一、5G 金融孕育监管新思维

5G 金融充分汲取和运用了 5G 的低时延等功能，可让金融监管机构突破原有监管信息不灵、信息获取渠道不畅、监管手段滞后的局限，建立快速应急监管机制、快速应急监管力量、快速应急查处机制，让所有金融监管行为围绕快速、准确、及时的监管思路来研究和构建新的监管体制，使监管体制更加适应新形势下的金融监管实际需求。

而 5G 的泛在网、万物互联等技术特点运用于金融监管后，金融监管部门能够及时准确发现全国各类金融机构的风险，尤其能对金融机构违规经营行为、社会各类非法金融组织的违法行为，有一个比较明确清晰的判断，极大地增强金融风险监管的前瞻性、及时性和有效性，使金融监管效率得到大幅提升。而且，5G 金融时代，也将促使金融监管部门重塑金融监管体系，现有分地区进行监管的体系有可能被打破，分业监管的模型也有可能被颠覆，金融混业监管作为发展趋势，或将提前到来。

同时，5G 金融时代，更加先进的科学技术还有可能消除各类金融场景的局限，有利于金融监管机构实行穿透式监管，将所有监管纵向到底、横向到边，实现信息的全通畅、无障碍、无盲区监管，将金融风险消灭在萌芽状态。而围绕这一变化，金融监管部门可设置一整套完善、科学的监管模型，让各监管机构的信息真正共享，从而节约监管资源，降低监管成本，实现监管效能的最大化。

此外，5G 全面渗透到金融监管领域，可以使各金融监管机构之间的职能被相互代替或融合，基于科学标准的监管信息计量模型，使监管技能更加成熟，监管能力不断提升。一家金融监管机构就有可能对所有金融业态实施有效的监管，这对金融监管部门来说，必须重新对自身角色进行再认识和重新定位。换句话说，当前的“一委一行二会”的监管格局有可能被打破，或者对现有的庞大监管体系再精简，设立一个大的金融监管机构，比如就叫中国金融监管局，或者最多分为中国传统金融监管局和中国新兴金融监管局，如此一来，可让监管力量更加高效，大幅降低国家金融监管成本。

二、5G 金融助力货币政策新思维

长期以来，我国央行货币政策始终围绕经济增长、价格水平稳定、充分就业、利率稳定、汇率稳定、国际收支平衡等目标进行，这些都是央行追求或希望达到的最终目标，为达到这一目标，准确衡量社会经济生活和市场的货币需求量，设定了 M0（流通中的现金）、M1（狭义货币供应量）、M2（广义货币供应量）、M3（最广义的货币供应量）等货币供应量指标，用这些指标来基本反映现实和潜在购买力、投资与终端市场的活跃程度、通货膨胀及资产泡沫风险等状况，然后根据这些反映市场货币供应的指标来采取适当的货币调控措施。

央行为有效调控市场货币供应量，通过一般性货币政策工具和选择性货币政策工具保持货币币值稳定，促进经济增长。一般性货币政策工具包括公开市场操作、存款准备金和再贴现，选择性货币政策工具包括贷款规模控制、特种存款、对金融企业窗口指导等。一般性货币政策工具多属于间接调控工具，选择性货币政策工具多属于直接调控工具。在过去较长时期，我国货币政策以直接调控为主，即采取信贷规模、现金计划等工具。1998 年以后，取消了贷款规模控制，主要采取间接货币政策工具来调控货币供应总量。现阶段，我国的货币政策工具主要有公开市场操作、存款准备金、再贷款与再贴现、常备借贷便利、利率政策、汇率政策、道义劝告和窗口指导等。

虽然央行货币政策及其操作工具基本适应中国经济发展实际，对促进社会经济发展、防范通货膨胀、确保物价基本稳定、保障人民生活等方面发挥了巨大作用，但货币政策也存在一些不足和先天缺陷。一是货币政策目标之间存在一定的冲突，往往为了一个目标不得不牺牲另一个目标，使货币目标难以全面协调地实现，也在一定程度上抵消了货币政策的科学性和合理性。二是货币政策目标及调控节奏过于频繁，连续性较差，有时围绕国家宏观调控目标，一年内或几年内货币政策方向调整频次较快，比如时而稳健宽松、时而稳健中性等，使货币政策波幅较大，对经济的影响也比较明显。此外，降准、降息也比较频繁，给实体企业及民众的投资理财带来较大的影响。三是货币政策受到行政干预较多，货币政策独立性不强，这就使货币政策操作工具、货币政策操作目标等会出现无所适从的情况，货币政策的效力大打折扣。四是货币政策传导体系不畅通，从央行到商业银行再到实体企业，传递环节过多，货币政策受到的制约因素较多，被截留现象较突出，导致央行政策传导效果较差等。

这些问题主要是由于央行在执行货币政策时的科技手段不够先进。虽然央行制定货币政策及操作政策工具的水平越来越高，依据的信息也越来越真实准确，但由于金融市场动态信息之间的时间间隔、时效反应等方面存在不足，对市场货币动态、货币吸纳能力等方面的了解往往都要滞后半拍，这就会在客观上导致央行货币政策难以跟上社会经济发展及市场的需求，货币政策会有滞后于市场实际的情况。而在 5G 金融时代，最新的移动通信技术可以让央行对金融市场动态做到适时把握，在制定货币政策时能够游刃有余，特别是 5G 的低时延、低功耗特点，能让央行迅速捕捉到经济运行过程中的一切微小问题，做到见微知著、未雨绸缪，从而大大提高货币政策的前瞻性，及时修正货币政策的不足，使货币政策能随时跟上社会经济金融发展的现实需求。同时，5G 的万物互联及泛在网特征，使央行获取货币政策的信息范围大大拓宽，能从海量的金融市场信息中捕捉到有价值的信息，并充分利用这些信息，制定出最有效的货币政策。

具体来看，将 5G 全面运用到央行货币政策制定与实施之中，可能会出现如下变化。

1. 央行对货币政策的监管变得更高效

通过 5G 的预估和精准测算，能够知道市场需要的货币流通量，做到准确按量投放，避免出现货币超发，保持货币政策的连续性，保证社会物价水平的基本稳定，避免通货膨胀，使央行货币政策实施目标得以科学体现。

2. 央行在货币政策的操作上变得更精准

运用最新的技术手段，央行可对货币政策操作的时间节点准确把握，消除货币政策的执行时滞，精准把握节奏和力度，相当于精准滴灌，有利于支持实体经济发展。

3. 央行在政策工具选择上变得更简单

5G 金融时代，之前的短期货币政策操作工具、中长期货币政策操作工具都有可能消失，归并为一种货币政策操作工具。而且，货币政策的时空差也将消除，货币政策能在全国各地同时发挥效能，消除地区之间的巨大差异。

4. 央行可能将加速推动发行数字货币

数字货币是一种趋势，未来，央行可能借助 5G 加速推动发行数字货币，并将数字货币推广运用到生活的各个层面，让其取代实物货币。

三、5G 金融催生风险控制新思维

长久以来，我国金融监管部门在风险控制上无论制定多么严厉的机制，在实践过程中，也往往是事后处置的多，对金融风险事先发现并提前处置的少。此后，金融风险控制关口虽然在不少地方做到了前移，但更多只是一种形式，受限于金融科技手段不够或信息不对称等问题，使金融监管部门难以对金融机构的风险做出比较准确的判断或处置，尤其未能将风险消灭在萌芽状态，使很多金融风险不断累积，最终爆发。

我们还应看到，在风险防范上，过去依靠金融行政手段处置的居多。比如，2018 年 2 月保监会对安邦保险公司的接管，2019 年 5 月央行和银保监会对包商银行的接管等。尤其是，在处置金融风险中，对各级政府的依赖较大，用市场方式化解的少，这就使得在风险处置上政府或金融监管机构承担了较大的风险损失，有些损失本来应该由市场来承担，最后都转嫁到了金融监管部门或各级政府身上。正因如此，在金融风险处置时，监管部门容易投鼠忌器，未能做到主动、及时，延误了最佳处置时机，使一些风险慢慢集聚，最终一发不可收拾。

之所以出现这些老大难问题，主要是金融监管部门或各级政府在金融风险处置过程中，可以依靠的金融科技手段有限，使得发现金融风险的能力不高或敏感度不高。而随着 5G 金融时代来临，5G 将全面运用于金融风险控制领域，既可使金融监管部门运用 5G 的技术特点建立起科学灵敏的风险预测及控制模型，做到对金融风险的动态、金融风险的强弱、金融风险的爆发时间等进行准确定位和定性，然后采取切实有效的措施，实现精确监管，节约监管成本，提高监管效率。

可以预见，在 5G 金融时代，金融机构与科技公司的边界将越来越模糊，提供金融产品或服务的公司，既可以是金融机构也可以是科技公司，或者两者兼而有之。而且，两者的身份还有可能随时转换，这就要求金融监管的包容性更高，监管制度更灵活、更科学、更精确，监管的效果才会更有效。

四、5G 金融倒逼科技投入新思维

5G 金融时代，金融监管部门将会更加重视利用最新的科技手段进行监管。此前，监管效果不尽如人意，比如互联网金融出现乱象，就与央行、银监部门的金融科技水平跟不上有关。金融监管手段处于落后地位的结果，就是很容易出现“一放就乱、一管就死”的怪圈。

由此可见，央行及其他金融监管部门要彻底解决上述问题，最有效的手段就是革新思维，不断加大金融科技的投入力度，加强科技手段防范金融风险的能力，充分发挥金融科技在防范金融风险中的作用。对此，监管部门已经展开行动。2019 年 8 月 22 日，央行就发布了《金融科技（FinTech）发展规划（2019—2021 年）》（以下简称《规划》），该《规划》共包括 27 项主要任务，从金融科技发展形式、发展目标、重点任务、保障措施等方面对金融科技发展的紧迫性、重要性进行了全面阐述。

央行此时发布《规划》，具有较强的针对性和紧迫性，是顺应 5G 时代金融业发展的明智选择。因为随着 5G 金融时代来临，金融业将发生全方位的深刻变革，换句话说，4G 时代的金融服务模式、金融发展理念、金融发展方式等都将发生深刻变化，甚至是颠覆性的革新。在这样一场大变革来临之际，央行此举堪称未雨绸缪，将对金融业带来积极影响。

目前，我国金融创新开展得如火如荼，也为金融业的蓬勃发展、金融服务的多样性等提供了广阔的发展前景，相关企业和普通民众也得以享受实实在在的普惠金融服务。值得一提的是，金融业的快速发展，也使金融业务的边界越来越模糊，金融风险的传导突破了行业和时空限制，给货币政策制定、金融监管、金融市场稳定等方面带来新挑战。尤其是我国金融科技发展不平衡、不充分的问题依然存在，顶层设计和统筹规划仍存缺陷，各类金融机构及其他市场主体在科技创新、人才队伍、机制建设等方面相对失衡，产业基础薄弱，引领全球发展潮流的技术和产品还不多，适应最新科技发展要求的基础设施、政策法规、标准体系等亟待健全，所有这些，都需要央行发布的《规划》加以完善。

更重要的是，随着我国金融业对外开放不断扩大，我国金融机构与外国金融机构同台竞争的力度将越来越激烈，无论是从效率方面还是安全性方面考虑，我们的金融业只有按照央行发布的《规划》进行提早布局，加大研发投入，明确发展重点，建立可靠的保障措施，才能在5G金融时代成功抢占金融科技的制高点，赢得新的更大的胜利。

可以说,《规划》的发布，体现出在新时代背景下，央行对用科技手段防范金融风险的高度认可,《规划》将让金融监管部门和金融机构把掌握最新金融科技放在更加重要的位置，这将对未来防范和化解金融风险起到重要作用。

五、5G 金融培育社会金融监管新思维

此前，我国金融监管的效能发挥不突出、不明显，一个重要原因就是社会监管的协同性差，金融监管的视角基本局限于金融监管机构本身，即便意识到社会协同监管的作用，但在体制机制建设上仍然较为滞后，或者较为保守。很多金融监管的事情不敢交给社会机构去做，这就使很多地方监管机构在金融监管上只能单打独斗，但其力量单薄、信息闭塞、反应迟钝，导致“马后炮”现象较为突出，带来的后果是，监管部门忙前忙后，却显得力不从心，或者消耗了大量人力物力，效果却不尽人意。

出现这种现象也不能全怪罪于金融监管机构，因为监管机构的确费尽了心力，监管机制也在不断完善，只是因为受限于监管信息不够通畅，导致监管信息不对称，才使金融监管经常陷入被动而不是主动局面。而在5G金融时代，5G的万物互联和泛在网技术特点，将全国所有构成经济活动的相关因素建成一个网

络，使各构成因素（经济部门或个人）都能充分发挥金融监管角色的功能，每个经济组成单位都可以实施监管，金融监管部门可将每个经济单位组织联合起来，建立一个绵密而高效的社会立体金融监管网络，在这个体系内，大至监管机构、小至普通居民，都可以为金融监管事业发挥出自己应有的作用。

为此，央行及其他金融监管部门可因势利导，有效发挥引导和融合功能，把社会金融监管放在更加重要的位置，建立起相互协同的监管信息交流平台，消除金融监管真空，让一切金融违规违法行为没有任何生存的土壤，最终有效净化社会金融发展环境，建立健康有序的金融生态。

六、5G 金融构建反洗钱机制新思维

历经多年努力，央行与公安部门在反洗钱方面取得了较大的成效，发挥了打击走私贩毒集团或有组织洗钱犯罪的屏障功能，为维护我国金融业稳定、避免国家及居民财产损失等方面发挥了重要作用。但我们也要看到，目前反洗钱领域的问题依然较多。比如，地下钱庄通过非法买卖外汇、设立“三无”公司等各种途径从事跨境汇款、资金支付结算业务等违法犯罪活动，逃避反洗钱监管，将国内大量的“犯罪所得”转移到国外，并且金额巨大。2015 年 11 月，浙江金华警方破获一起公安部督办的特大地下钱庄案，4 100 多亿元资金通过该地下钱庄转移至境外。这是

迄今为止涉案人数最多、涉案金额最大的一起汇兑型地下钱庄案件，也是中国首例通过 NRA（非居民账户）实施资金非法跨境转移的新型地下钱庄案件。由此可见，央行及公安部门面临的反洗钱任务繁重，并且压力大、挑战多。

未来，当 5G 运用于反洗钱领域之后，可建立起科学的反洗钱合作模式与框架，使央行等监管部门不断围绕“监管新模式，执法新挑战”，“跨域跨界反洗钱合规与动态均衡”，“KYC（客户身份辨认），UBO（最终受益者）与反洗钱穿透技术”，“反洗钱协作与信息安全”等要求和技术，完善反洗钱制度的灵敏度，使其更具针对性和可操作性。

同时，还可通过 5G 的万物互联特点，将相关知识发送到各个终端，普通民众可随时获取这些知识，从而大幅提高全民反洗钱意识，杜绝洗钱犯罪组织的生存空间。5G 金融时代，还可以利用技术手段对所有社会资金去向进行准确监测，对可疑的、有问题的跨境资金移动进行及时制止或冻结，避免资金转移到国外。而且，还可以让央行与金融机构之间、不同金融机构之间的金融信息高度透明对称，形成更为强大的反洗钱安全网络。

值得一提的是，5G 还可促进与其他国家及政府间国际金融组织的紧密合作，突破国与国之间的时空限制，建立起全球范围内的反洗钱联盟，从而对跨境资金转移或异动进行有效监控。

此外，5G 的大面积运用，也有利于堵塞企业和个人征信信息漏洞，构建起更加安全完备的征信网络，为我国进入信用化社会奠定坚实的基础。

地方政府的监管新角色

在较长时期内，我国地方政府在金融监管上是没有参与权、发言权与处置权的“旁观者”，金融监管的所有权力都集中在中央政府的金融监管部门手里，比如央行曾行使着大一统的金融监管生杀大权，由于集货币政策制定与金融监管大权于一身，央行成了兼具“运动员”与“裁判员”双重身份的混合体，这对央行来说是一个沉重的负担，不仅自身的货币政策职能难以得到很好的发挥，也使金融监管的效能很难实施到位。更令人担忧的是，对金融机构违规违法经营的惩处不力，因为金融机构的“婆婆”是央行，“公公”也是央行，央行不看僧面看佛面，手心手背都是肉，往往是执法的鞭子高高举起，轻轻落下，这无疑助长了金融机构违法违规的思维惯性，使金融秩序难以从根本上扭转，金融风险也不断累积。这也是我国金融秩序一直难以“风清气正”的症源之一。

最令人纠结的是，过去，由于地方政府在防范金融风险中不用担责，也使金融机构无法摆脱地方政府的行政干预。在银行信贷投入上，地方政府往往凭借自身的行政权力及特殊的话语权，让银行等金融机构按照地方政府的意志来投放贷款，使大量的信贷资金配置到政绩工程、形象工程及一些效益低、资源消耗大、营运风险高的产业项目上，导致我国高投入、高能耗、高污染、低效益的“三高一低”企业难以禁绝，占据了大量的金融资源，形成了大量的不良贷款，而真正需要支持的企业却难以得到信贷支持，客观上降低了信贷资金的使用效能。同时，行政干预金融业经营、不顾金融风险的结果，是制造出大量的“僵尸企业”，加剧了我国供给侧结构性改革的压力和难度。

基于此，中央政府决定将部分金融监管的权力下放给地方政府，实行地方政府在金融监管上的事权与责任相匹配，增强地方政府对金融监管与金融风险防范的使命感与忧患感。同时，此举可织成由中央金融监管机构“条条”与地方政府金融监管机构“块块”有机结合的“两张大网”，让所有金融违规违法行为再也没有漏洞可钻，从而让金融市场乱象无处遁形。在这种背景下，21 世纪初，我国各省市地方政府金融办的设立及其职能的不断扩充，凸显了各级政府对发展金融业的重视，也体现出金融办在引导和促进地方金融业发展上的必要性。地方金融办公室是代表地方政府负责金融监督、协调、服务的办事机构，负责审批典当、贷款担保公司、小额贷款公司等职能，在过去的 20 多年，地方金融办公室在维持地方金融稳定、加强金融监管上发挥了重要作用。

不过，在历史发展过程中，由于地方金融办公室存在重批设、轻监管及监管力量不足、监管专业水平不高等问题，中央决定对地方金融办公室进行改革。2017 年之后，各省（市）将地方金融办公室升级为地方金融监管局，虽然级别未变，但地方政府赋予其的职能比原来大得多，监管权力也得到加强。

为防止出现地方金融监管局与中央监管机构之间形成不必要的权力摩擦、监管推诿或监管“掐架”等乱象，中央政府专门规定强化中央统筹，将地方金融监管部门纳入监管构成单位，加强监管指导，推进统一规则建设。在条件成熟的情况下，对地方金融监管机构予以立法确定，明确其职责定位，并明确规定地方政府从功能监管入手，以行为监管为主，营造公平、透明及有序的金融市场环境，并保护金融消费者合法权益。

5G 金融时代的到来，不但会改变传统金融的业务运作曲线，颠覆传统金融业的发展模式，也将对金融监管带来全新的冲击，重塑地方金融监管生态，地方政府在金融监管中，将扮演新角色，开启地方政府金融监管的新格局。

具体说来，5G 金融时代，地方政府在金融监管方面将发生以下六个方面的影响和改变。

一、复杂的监管工作将变得相对简单

4G 时代，地方政府在金融监管方面，人力监管与信息监管各占一半，因为监管对象多、涉及的范围宽、链接延伸长，使地方政府容易陷入手忙脚乱之中。而且，这种监管模式还抓不到要害，有些地方政府面对金融乱象感到束手无策，加上缺乏整体思维，有时只能“头痛医头、脚痛医脚”，无法对存在的问题进行全面会诊，对症下药开出有效的药方。尤其是，在对非法集资、金融诈骗、高利贷、典当行、互联网金融等方面的监管上，经常是事倍功半，虽然费时费力，但收效甚微，有些甚至无济于事，使社会金融秩序未能从根本上得到改观。

当5G的泛在网、万物互联等功能运用于金融监管之后，使一个地方的区域金融动态通过监管信息控制中心，将海量的金融监管信息汇集到一起，然后通过大数据技术分析，将有价值的信息抓取，并将这些信息按主次轻重进行分类，为监管当局或监管人员提供及时、准确、客观的信息或监管思路，以便采取有针对性的监管措施。比如，利用5G组成一张完善、严密、灵敏的监管信息“蜘蛛网”，辖内某互联网金融平台一旦出现高管挪用资金，有向境外转移资产的迹象时，这些信息网能够通过这张监管网络随时传递给监管信息控制中心，给监管部门或监管人员提供监管预警信号，然后监管人员迅速约谈该平台高管，锁定或冻结其银行账户，从而化解潜在风险。这种建立在5G基础上的监管手段，一方面，可大大提高地方政府的金融监管效能，扭转过去“眉毛胡子一把抓”的做法，向有所为、有所不为的角色转换；另一方面，还可以为地方政府减压，将监管部门从原来繁重的“人海战术”中解脱出来，不必到处救火，日常监管工作也变得相对简单。

二、监管效率由低效变得高效

4G时代，地方政府的金融监管虽然开始由单一信息搜集向监管网络数字化转变，也有了非现场的报表信息监管系统，减少了烦琐而复杂的现场“体力”式监管，较大部分实现了“脑力”式监管，与之前相比已经向前跃进了一大步，但受技术手段和监管理念、体制等因素的影响，金融监管还有很多值得改进的地方，监管效率低下的问题仍未能得到彻底解决，金融乱象依然存在。

5G 金融时代，监管效率低下的症结将迎刃而解，解决问题的利器，就是 5G 的高速度、低时延特征。在 4G 时代及更早时期，当金融机构及其他组织或个人出现金融违规违法行为时，需要有人举报，或者现场检查发现问题，然后通过书面报告或内部网络的形式传递给地方金融监管机构，由于步骤繁多、流程复杂，加上 4G 通信技术速度的局限，地方政府金融监管机构很难做出及时、准确和客观的判断，这就需要监管部门的人去现场搜证、调查和问询，来来回回的结果，费时较长，而处置链条过多过长的结果，自然使监管效能低下。而随着 5G 金融时代的来临，金融违法违规的信息通过 5G 的高速度，能第一时间反馈给金融监管机构，使监管机构能做出快速处置。

由此，地方政府在金融监管中的角色将由原来的被动式的事后监管向主动式的事后监管转变，从而改变“按下葫芦浮起瓢”的局面，提高民众对地方政府金融监管的信心和信任，提高地方政府的监管权威，树立地方政府在金融监管上的良好形象。同时，监管效率的大幅提高，将有力维护辖内金融秩序的稳定，助推地方经济发展。

三、监管成本变得更低

此前，地方政府监管部门由于监管信息搜集渠道相对狭窄，获取信息的手段落后，所以对违法违规行为的反应较慢。目前，针对金融违规违法行为，虽然不少地方政府金融监管部门已经可以通过网络举报等方式获得，但更多的还是依赖人为主观举报的方式，过程为“举报人举报—监管部门受理—监管部门现场查证—监管部门依法处罚”。这个监管过程有一个很大的时滞空间，这个时滞空间给金融监管带来了不小的难度，相关涉案人员可以利用这个时滞转移、销毁违规违法证据，或者相关涉案人员已经逃离了“作案”现场。因为处罚不及时，就带来了两个问题，一是违法成本较低，会刺激或“鼓励”相关人员对法律缺失敬畏之心；二是各种监管成本太高，比如，一些大案要案，不但取证旷日持久，动辄花费几个月甚至几年，还需要派出大量人力跨区域进行调查。

而在 5G 金融时代，金融监管部门依靠无处不在的感应器，能随时获取企业的经营信息，包括财务是否健康、银行账户资金出入是否正常等，通过最新的 5G 技术，不必再通过人工写信或电话举报的途径来获得监管信息，而且利用新的技术手段获得信息的时间比 4G 时代更快、更准确、更全面，这可以在很大程度上节约地方金融监管部门的有限资源，包括减少大量的人力去现场查证，从而节约大量的监管成本，地方政府可腾挪出大量的人、财、物去构建和完善更有效的监管体系。届时，地方政府金融监管的部门设置及人员还可以大量减少，比如，现在一个县级金融办的编制是 10 人，5G 金融时代，其编制可大幅缩减至三四人，其中，一个人担任部门负责人，一个人负责统筹领导工作，其他几个人负责监控县域内的所有金融动态，一旦发现有风险苗头，及时报告部门负责人，并启动预警，同时将预警信息上传到全行业系统的大数据库，便于上一级和中央相关部门第一时间掌握情况，并做出应对措施，将风险提前消灭在萌芽状态。

四、由单独演奏转向群体演奏

过去几十年，我国在金融监管上实行“条条”与“块块”“两张皮”相结合的监管办法，重点强化了地方政府属地监管原则，中央监管部门对地方金融监管组织负有一定的协调与指导责任。两者在总体的利益上是一致的，都是为了管好金融秩序，确保国家金融市场的稳定。但是两者在很多地方也存在矛盾，比如在执行中央政府金融监管政策上，中央监管部门在履行监管职能时，虽然不可避免地受到来自地方政府的压力，但监管执法比较彻底、惩罚比较严厉。而地方政府为了地方局部利益，在执法上有所选择，对一些与地方政府利益休戚相关的问题，往往是蜻蜓点水、浅尝辄止，甚至不乏打马虎眼和“同流合污”现象的存在，这大大抵消了中央金融政策效能的发挥，也使一些金融市场乱象久治不愈，成为顽症。

伴随着 5G 金融时代来临，基于增强移动宽带、大规模物联网以及超高、可靠、低时延通信这三大 5G 场景，可建立一个比较完整的“监管沙盒”，通过这个沙盒可对辖区内金融机构或金融组织的经营行为进行全面有效的监管，建立起一个有效的框架。而且，这种监管沙盒一旦建立，能有效整合中央“条条”和地方“块块”的监管信息资源，使中央政府与地方政府织起一张巨大的金融监管物联网络，在这张监管网络上，可实现金融监管的互联互动与相互监督。如此一来，在金融监管信息共享的过程中，没有死角，不存在秘密，中央监管部门与地方政府监管部门各司其职，通力合作，对于双方监管执行不力的地方都能及时发现并给出提醒，使得权力寻租空间被大大压缩，实现金融监管全过程的“透明化”。

同时，通过 5G 还可实现中央与地方政府之间的监管目标协同，甚至双方经过协商，可以将金融监管业务全部或部分委托给第三方机构，因为第三方机构可能拥有更先进的技术手段，对 5G 金融的掌握和熟练程度更优于中央政府监管部门和地方政府，在执行监管政策时将会更加超脱，中央政府监管部门和地方政府只需负责制定相关的监管规则即可，地方政府也可以摆脱过去在金融监管过程中孤军奋战的格局，从而提高金融监管的机动性、灵活性。

最为重要的是，5G 金融时代的到来，还可以构建起社会立体金融监管体系。过去，很多有识之士曾反复讨论研究如何建立社会立体金融监管体系，但受到信息技术不够发达的掣肘，这一构想推进缓慢。未来，可借助 5G，将政府部门、社会自律组织、企业或个人都纳入这一体系，利用各自专业优势和信息优势，对辖区范围的金融违规违法行为进行有效监督，让金融市场的种种乱象永远失去生存的土壤。

五、由各自为政转向统一标准

目前，不少民众对金融监管总体满意度不高，银行机构乱收费、保险机构忽悠险民、上市公司造假、非法集资、高利贷等屡禁不止，让人深恶痛绝。这些乱象之所以始终难以绝迹，主要在于各地政府缺乏有效的信息沟通渠道，处罚标准宽严不一，处罚力度强弱不同，加之总是强调各地情况不同，以及各地监管信息相对封闭等因素，使得各地政府监管总体处于各自为政、各自为战的状态，甚至还存在人为设置障碍，这不仅导致中央金融政策在不同地方的监管成效打折，也容易在一些地方埋下隐患。

未来，可以将区块链技术运用于 5G 金融之中，在全国各地形成一个有效的金融监管网络，监管标准、处罚力度完全统一，不搞特殊化和区别对待，每位监管者做出的监管信息都会被记载，整个监管网络的人都能看到其他人做出的措施是否准确。而且不同地方政府给出的金融监管处罚结果，都可以成为其他地方政府金融监管部门的依据或参考标准，这样必然会带动处罚结果趋于一致。一旦某个地方政府监管部门的处罚结果有失公允，其他地方政府监管部门都能看到，上级政府部门也能及时发现问题，对做出不合理处罚结果的部门或人进行纠正或问责，从而使每一条处罚结果趋于公平、科学和合理。

5G 将成为解决中央与地方，各地方政府之间金融监管执行标准不统一、处罚力度不一致的有效手段。届时，随着 5G 金融日趋成熟，各地的金融监管将有统一的实施标准，尺度不同、互相扯皮推诿的现象将得到有效遏制。

六、身份将由模糊转向合规

目前，尽管各地成立了地方金融工作办公室或地方金融监管局，并且职能也有所转化，功能得到了加强，但专业素质、思维理念、监管行为等并没有得到多大的改观，原因主要有几点。一是开始争权夺利。没有金融监管权力的时候，地方政府对地方金融风险不太上心，只要没有发生引起上级震动的重大金融风险事件，借口自己没有参与监管，“事不关己，高高挂起”，能掩盖就掩盖，能拖就拖，以至于让金融监管的效能打折。二是重机构批设，轻机构监管。有了监管权力后，监管滥权、监管不作为、监管乱作为的事情增多。有的人迷恋监管权威，有利益的地方争着要监管权，没有利益的地方相互推诿的现象突出。最主要的表现就是重监管审批权，轻日常监管，留下了不少监管空白，监管源头没有把好关，不少不符合资质的金融组织或个人进入金融行业，导致地方金融市场鱼龙混杂，为金融市场埋下了隐患。三是重金融机构数量规模扩张，轻金融机构质量提高和风险监管。出于政绩心理和过度追求监管权力，把金融监管的重心放在金融机构的审批上，使地方金融机构数量扩张迅速，典当行、小额贷款公司、贷款担保公司及其他金融组织如果雨后春笋般涌现。但由于相应监管机制不健全、不完善，监管力量不到位，使得不少由地方政府审批的金融机构质量不高，打擦边球的违规违法经营现象不少，虽然使得地方金融机构的经营规模得到了扩张，但却以潜在的金融风险为代价。

而 5G 的广泛运用，将使地方政府在金融监管方面变得简单高效，过去那种依靠行政权获得的局部地方利益将大大减少。特别是，随着金融监管趋于规范化、程式化、科学化、智能化和透明化，将使地方政府原有的模糊的监管身份变得更加清晰，原有的监管灰色利益边界将不复存在，之前过度追求监管权的做法将变得毫无意义。

5G 金融时代的风险防控

进入 5G 金融时代之前，尽管金融监管部门以及金融机构不断夯实监管机制和金融风险防范体系，也为防控金融风险做了大量卓有成效的工作，建立了专门的风险防范部门，但风险防范仍存在不少问题。目前，我国的金融风险防控机制及其体系的重心，基本着力于传统的存贷款、结算、资金运用等业务风险的防范，力图通过对传统金融业务的监管，达到防范发生局部或系统性金融风险的目标。

但现实依然难遂人愿，目前我国金融业受到内外部经济因素的影响。从外部来看，世界经济增长疲软及全球进入新一轮量化宽松周期，加之中美贸易摩擦仍在进行，给中国企业的生存发展带来了较大的负面影响。从内部看，实体企业“融资难，融资贵”问题始终没有破局，经营压力较大，这些情况反映到金融业身上，就是银行不良贷款上升，商业保险理赔案件也不断增多；在资本市场上，由于经济低迷及资本市场基础制度建设任重道远，造假乱象难以根绝，导致资本市场一直萎靡不振；社会上金融方面的问题也是层出不穷，虽然经过近两年的清理整顿，目前 P2P 平台数量大幅减少，但风险隐患依然较大，暴雷事件频频发生；此外，近年来非法集资、金融诈骗等恶性事件仍时有发生，不仅让民众损失巨大，也影响了社会安定局面。

一般来说，我国金融业风险主要有市场风险、信用风险、流动性及经营管理的风险等，具体主要表现在以下三个方面。

一是高杠杆风险。主要原因是货币供应量快速增长导致政府债务、企业债务及居民债务高杠杆，成为金融业风险的最大隐患。据《经济参考报》2019 年 3 月 20 日报道，2018 年，包括居民部门、非金融企业部门和政府部门的实体经济杠杆率由 2017 年的 244.0% 下降到 243.7%，下降了 0.3 个百分点。2008—2016 年是我国快速加杠杆的时期，这 8 年间杠杆率共上升 99 个百分点，平均每年上升超过 12 个百分点。2017 年是去杠杆富有成效的开端，杠杆率增速有所放缓，全年微升了 3.8 个百分点。2018 年杠杆率得到进一步控制，相比 2017 年末已有所下降。但这个杠杆率相对经济发达国家来说，属于高水平了，尤其是非金融企业杠杆率较高，隐藏着较大的金融风险隐患。

二是金融业跨行业、跨市场、跨区域的交叉传染风险比较突出。当前，金融产品创新如火如荼，催生出大量设计复杂、关联性较高的金融产品。比如，一些理财产品，虽然由银行发行，但有可能关联到保险及证券等方面的运作，这种金融产品已不再是独立的、孤立的，交叉性和跨市场特征更加突出，这会导致资金跨市场、跨机构、跨产品体系、跨地域流动，有可能产生期限错配、流动性转换、信用转换及杠杆层层叠加等潜在风险，并使风险由单体机构、单个产品向其他系统扩大、发散、传染，甚至引发系统性风险。最为明显的例子是，信用违约风险有可能在政府融资平台、房地产开发企业等之间传染，并导致参与主体权责关系不清，一旦监管不到位，很容易诱发严重的金融风险。

三是金融机构自身风险较为突出。在银保监会掀起金融监管风暴之前，部分金融机构热衷于通道、同业、交易类业务，脱离真实需求，进行所谓自我创新和体内循环，集聚了金融泡沫，埋下隐患。比如，银行业不良贷款风险大幅上升，导致资本消耗加大和拨备覆盖率降低，使银行机构本身存在金融风险；各类金融控股公司快速发展，部分企业热衷投资金融业；部分互联网企业以“普惠金融”为名，行“庞氏骗局”之实；在证券市场上，股票质押规模和比例近几年不断攀升，给金融机构带来了潜在风险。

要彻底解决这些金融风险，仅靠金融监管机构现有的机制和体系，恐怕很难遂愿，必须依靠高科技手段。将最新的移动通信技术全面引入金融业之后，才有可能克服金融监管及风险防范上的致命缺陷，实现对金融业风险的全面掌控，将绝大部分的金融风险提前化解。

而 5G 金融时代的来临，将为金融监管带来福音，将在金融风险防范理念、金融风险防范能力、金融风险防范机制、金融风险防范方向等方面产生深刻的影响，并推动金融风险防范的全面变革。

对于眼下的金融业来说，5G 金融就像一个妙龄少女，金融机构不仅想一睹芳容，更想拥抱和亲吻她，甚至每一个人都想将这位美人娶回家，成为自己的“新娘”。

然而，漂亮、美丽的容颜只是表面，虽然 5G 金融给金融机构的第一印象非常不错，但“她”到底是否如人们想象的那么美好呢？“她”的性情金融机构是否都能摸透呢？这是摆在人们面前的一个大问题。

同时，我们必须清楚，凡事都有两面性，漂亮美丽的容颜背后，可能也有桀骜不驯的一面。因此，要让 5G 金融这位美丽的少女成为金融机构可以信赖的“内当家”，让其真正成为金融机构的“贤妻良母”，金融监管部门及金融机构还得对其进行正面引导，让其拥有良好的“思想品质”和正确的“三观”，才能最终为金融业的健康发展起到积极的辅助作用，助推金融业“家发人兴”。

5G 金融时代已经悄然来临，我们一方面要充分利用好其正面积极作用，但另一方面也要清醒地认识到它可能带来的风险和隐患。如果金融监管部门和金融机构对这个问题重视不够，那么 5G 金融就有可能像潘多拉魔盒，一旦打开泛滥的罪恶之门，或者一旦对它失去有效的控制，事情就有可能走向它的反面，给金融业带来灾难。这种灾难一旦发生，将与 4G 时代的破坏规模、破坏范围、破坏深度和破坏广度大不相同，将会是致命的，一家金融机构会因为信息泄露而轰然倒塌，甚至可能会引发多米诺骨牌效应，引起整个金融业发生强烈的海啸。

所以，金融监管部门和整个金融业既要学会科学运用 5G 金融技术，让其运用于金融业监管、金融业业务发展及金融风险防控的各个方面，也要加大对 5G 金融可能诱发或存在风险隐患的研究和预判，积极主动制定 5G 金融的运用规则和行业发展规划，建立起完善的 5G 金融风险预警机制，尽量做到扬长避短和趋利避害，大胆挖掘 5G 金融的最大潜能，积极发挥其长处，做到自我扬弃和自我发展，让5G金融成为推动社会经济发展的发动机，不断造福民众。

从当前5G金融演进的现实看，未来风险防控将出现重大转向：一是金融业风险防范将由过去主要围绕传统金融业务经营风险向着重围绕科技金融风险防范转变，因为5G金融信息传输的高速度打破了传统金融业务拓展的时间滞后性和地域局限性；二是金融业风险防控将由单一的金融机构风险防控向跨行业风险防控转变，因为5G金融时代，金融混业经营的趋势将更加明显，经营金融业务的机构不再是单纯的金融机构，而有可能是金融百货公司，这就需要从多个角度、多个场景、多个行业等进行协同式综合监管；三是金融业风险防范从一般意义上的业务违规违法经营风险向金融信息泄密方向转变，因为5G万物互联的功能既给金融业发散式、多维度发展带来了机遇，也给金融风险防范带来了巨大的挑战。为此，5G时代金融风险的防范可着力围绕以下三方面进行。

一、防范 5G 金融自身存在的技术风险

前面已对5G金融的利弊做了较为详尽的阐述，尽管5G给金融业带来的好处是以往任何时期都不能比拟的，但一切都要建立在安全可靠的基础上。否则，不但享受不到5G金融应有的“善良”天性，还可能放大5G金融的“恶性”。也就是说，5G

金融的信息监管制度必须完善、管控到位，以有效防止信息泄露事件发生。反之，则有可能出现大范围、多环节、多领域的金融信息泄密事件，不但不能给金融业带来健康发展，反而会带来灾难，给金融消费者带来巨大损失。

5G 金融可能带来的潜在风险，绝非危言耸听。举个例子，5G 网络一旦受到攻击，所产生的危害比 4G 网络更严重，这是因为 5G 的广泛应用将使移动互联网连入的信息更加庞大，同时也变得更加复杂，而越精致复杂的东西，受到攻击后产生的损害也就越大。试想，当电子支付完全取代纸币以后，如果有一天，电子支付的网络遭遇攻击，突然瘫痪，人类的商业和支付体系将完全瘫痪，人类会不会退化到最原始的以物易物阶段？这就如同强大无比的美国军队，因其很多武器完全依赖于密布太空的卫星，一旦这些卫星被敌国击落，美军手里的高科技武器瞬间失效，远不如大刀长矛。

由此，金融监管机构及金融监管部门在积极大胆拥抱 5G 金融的同时，应增强危机感、忧患感和使命感，把防范 5G 金融自身风险放在重要的位置，将其纳入金融业运用 5G 的重要攻关课题。

目前，面对新形势，防控 5G 金融风险可从两方面入手。一方面，思想上应对 5G 金融的风险保持高度重视，不能只看到 5G 金融助力金融业发展的积极作用，还应认识到其有可能带来消极的作用，对 5G 金融的发展保持客观理性的态度。尤其是，目前各级政府与监管部门在 5G 金融风险防控的合作机制上存在不到位的地方，甚至可能存在对 5G 金融的风险重视不够、认识不高、大局意识不强等问题，这些都有可能给 5G 金融发生潜在风险创造一定的机会。另一方面，参与 5G 金融技术开发与技术攻关的所有经济主体，应注重防范 5G 金融的技术漏洞和业务发展漏洞，加强对 5G 金融运用过程中的风险预估，做到见微知著，准确把握 5G 金融的每一个细节、每一个苗头、每一个动态，对 5G 金融的发展趋势、发展方向及可能遇到的技术瓶颈等做好准确预判，特别是要对容易产生或可能隐藏风险的地方做到未雨绸缪，建立相应的前瞻性机制。此外，随时对 5G 金融的业务领域进行监控，并对已有监管制度加以修订、补充和完善，与不同参与个体及时共享信息，形成防范合力，筑牢风险管控的“防火墙”，防止金融信息泄露引起连锁反应。更要丰富防控手段，坚决防止因金融信息泄露带来的跨行业、跨系统风险外溢，将金融风险控制在较小的范围和最低的程度。

此外，还要重视对用户金融信息及隐私的保护。因为 5G 金融服务会涉及海量的用户隐私数据，如终端硬件标识、用户的 ID、用户的行为偏好等。尤其是，在日趋丰富的金融场景中，运营商会获得大量敏感的用户身份信息、交易数据，5G 金融的大发展，将会使这些隐私数据从相对封闭的系统转移到开放的系统中，并且交互设备会越来越多，数据一旦泄露，将会造成严重的后果。因此，运营商需提供比传统网络更可靠更安全的隐私保护方案，金融机构只有在应用层面采取更加有力的保护措施，才能有效堵塞用户信息的泄露。

二、防范人为道德风险

科技的不断发展，既给相关产业带来了巨大的机遇与商业利益，同时也会给不法分子利用科技手段作弊欺诈提供方便。换句话说，高度发达的科技也必然陪伴着较高的人为道德风险。

事实上，在过去移动通信技术相对落后的时代，金融领域的道德风险屡见不鲜，业内员工“监守自盗”的行为，不但给金融机构及金融消费者带来了损失，也给金融市场和社会稳定带来巨大风险。比如，据财新网 2016 年 1 月报道，中国农业银行北京分行两名员工被立案调查，原因是他们涉嫌非法套取 38 亿元票据，同时利用非法套取的票据进行回购资金，并且未建立台账，回购款中相当部分资金违规流入股市，由于股价下跌，出现巨额资金缺口无法兑付。由于该案涉及金额巨大，公安部和当时的银监会还将该案件上报国务院。此外，银行理财产品的“飞单案”也是层出不穷，据《法制日报》报道，2017 年 4 月发生在民生银行北京分行航天桥支行的理财产品“飞单案”，是我国金融业有史以来第一大“飞单案”，作案人为该支行行长，其伙同他人，私自销售非本行理财产品，涉案金额高达 30 亿元人民币，对投资人构成重大危害。

在技术高度发达的 5G 金融时代，引发人为道德风险的概率可能更高，作案的机会可能更多，波及的范围会更广，涉及的金额会更大，造成的损害程度会更深，诱发的金融风险会更加严重。因此，5G 金融时代，需把防范人为道德风险放在金融风险控制的首位，对人为道德风险绝不能等闲视之，或者持无所谓的态度，稍不留意，可能要出大问题。

那么，未来应该如何做好人为道德风险的防范工作呢？具体来看，可从四方面入手。

一是建立 5G 金融信息分层披露制度。即对 5G 金融涉及的所有金融服务信息进行分类管理，划定一个严格的信息分层掌握标准，并建立不同信息分享群体之间的风险防火墙，避免信息出现交互传输的现象，实现金融信息相互之间的相对保密与安全，实现不同层面的信息消费者或提供者分享不同的信息。

二是建立严格的防范金融信息诈骗的预防机制、及时查处机制及风险化解机制。因为 5G 的万物互联及高传输速度，一些金融机构内部人员有可能故意将金融信息技术外泄，或与非法组织内外勾结，然后组织研发和模仿 5G 金融技术，并将其运用于金融诈骗活动之中，这样导致的后果将是十分恐怖的。尤其是，金融监管部门应防止出现各种变换“马甲”，防止借金融创新之名行金融诈骗或敛财之实的金融机构做手脚，利用 5G 金融的诸多技术特点和新功能，对专业知识不足的民众实施欺骗，给民众带来经济损失。

三是金融监管机构在金融准入政策上要定义清楚金融业的边界，避免大型科技企业浑水摸鱼，利用技术优势从事非法金融业务活动。目前，一些金融科技公司既不想拿金融牌照，又想做金融业务，而分类金融牌照既难获批，又消费较大成本，还要受到更严格的监管，所以总是想摆脱监管。另外，还要防止一些金融科技公司以第三方支付形式，打着金融服务的旗号，实际看中的是客户口袋里的钱，对此类扭曲的动机，在政策设计上要加以防范。

四是金融监管机构要防止数据歧视与造假现象发生。随着大量用户信息被采集，而且客户的行为特征也已实现了高度数字化，这就可能让一些金融服务提供机构在数据使用过程中，采取带有歧视性、误导性的行为，如利用用户画像进行有针对性的营销策略。还有一些数据信息提供机构可能会利用系统的漏洞进行造假，侵犯客户的隐私权。因此，监管机构应加强金融机构对信息采集、利用和处理的监管，而金融机构也应做好用户信息采集的检测、审核与预警，杜绝一切信息数据泄漏事件发生。

三、防范参与主体缺位风险

要想把防范 5G 金融风险的工作做到位，避免 5G 给金融业及社会经济发展带来障碍，必须动员一切可以动员的社会力量，调动一切可以调动的有利因素，形成防范 5G 金融风险的社会合力，才能真正让监管发威、让监管出成效、让监管上台阶。因此，防控 5G 金融风险是一项庞大而又复杂的社会系统工作，需要倾注全社会之力，任何单枪匹马的行为，或者指望靠单一部门或几个部门就能防控 5G 金融风险，难度较大。

从当前来看，可考虑从两方面来构筑好防控 5G 金融风险的坚固阵地。

一是央行、银保监会、金融机构及各级政府部门应共同建立防范 5G 金融风险的组织架构或相关机制，建立监管信息共享平台，签署好 5G 金融风险共同防范条约，明确各自的职责，做到各司其责职。具体说，就是应加强法规制度的顶层设计，加强行业治理，加强个人信息保护立法，在行政法规上针对不同行业，如工商、税务、金融等建立好本行业信息安全、客户隐私保护的相应制度安排；互联网公司和金融机构应提高行业自律意识，加强对个人信息、用户信息、用户隐私保护的意识和能力，共同夯实 5G 金融风险防控基石，防止参与主体缺位。

二是抽调金融监管机构、金融机构、政府职能部门、金融消费者组建一个牢固的社会立体监管体系，利用 5G 的万物互联及泛在网功能，实现监管信息共享，共同监管 5G 金融。主要是建立各类严密的风险防范机制，调动全社会所有力量共同打击和预防 5G 金融的违法犯罪活动，有效净化 5G 金融推广运用和发展环境，让 5G 金融真正造福民众，将我国的金融业发展推向更高的水平。